HUMAN GENETIC CODE

Human Genetic Code

(Plus rien ne sera comme avant – Tome 2)

Ariane Fusain

© Éditions Hélène Jacob, 2013. Collection *Fantastique*. Tous droits réservés.

ISBN : 978-2-37011-035-0

Éditions Hélène Jacob – 13 Impasse Victor Gesta – 31200 Toulouse

Imprimé par Create Space – États-Unis

11,90 €

Dépôt Légal Novembre 2013

Design couverture : Jérémy Calli

Remerciements à :

Olivier Durand
ODArts.fr
contact@odarts.fr
Sculptures et peintures ©Olivier Durand ODArts

Ophélie Le Fringère et Lydie Durand
pour leur précieuse aide à la relecture.

Résumé du tome 1

Cédric Grej-Holman est un jeune cadre dynamique de 25 ans qui a tout pour être heureux : un emploi inespéré à La Séclya, un loft au cœur de Paris – la ville de ses rêves – et une compagne dont il est très amoureux : Tulay.

Après un rêve prémonitoire, tout bascule. Il découvre que des êtres qui ont la faculté d'apparaître et de disparaître à volonté manipulent sa vie.

Tout commence au cours d'une réunion extraordinaire à La Séclya où il passe dans un monde parallèle : une forêt aussi inextricable que son mental. De retour dans « le monde réel », il est investi par monsieur Firstub Balson – responsable envoyé par la maison mère américaine – d'une tâche pour laquelle il n'a aucune compétence et qui déclenche de puissantes animosités autour de lui.

Fort troublé par ces événements, peu confiant en lui, son imagination s'enflamme : est-il normal ou atteint d'une sorte de schizophrénie ? Bien que rassuré sur ce fait par Tulay, ses doutes augmentent d'autant que ses nuits sont de plus en plus agitées. Ses cauchemars s'intensifient, semblent être des messages venus d'ailleurs pour jeter un éclairage sombre et inquiétant sur une réalité apparemment anodine.

Lors d'un week-end repos chez les parents de Cédric, Tulay découvre que son enfance était loin d'être quelconque. Dès l'âge de 8 ans, il faisait des rêves prémonitoires, mais surtout il est resté de nombreuses années en contact avec sa grand-mère décédée : mamie Line. Le doute et la peur l'envahissent à son tour et c'est dans ce contexte d'instabilité qu'ils se trouvent confrontés pour la première fois aux forces de Lexhil : l'attaque de monstrueuses hyènes noires.

Monsieur Balson apparaît au milieu de ce capharnaüm et leur apprend que Cédric est investi d'une mission majeure : protéger la Terre de Lexhil, un être venu d'une autre dimension pour « absorber » les humains. Une faille est ouverte, elle a permis le passage des hyènes attirées par la faiblesse qu'ils ont manifestée. Pour fermer cette faille, ils doivent tous les deux maîtriser leurs peurs, préalable indispensable avant de faire face à Lexhil.

Cédric et Tulay se sentent manipulés, mais devant les événements climatiques de plus en plus inquiétants qui se apparaissent sur Terre, ils acceptent d'aller ensemble voir de quoi il retourne de l'autre côté de la table de la salle G.

Malheureusement, Lexhil a profité de l'ouverture de la faille pour absorber Qalkulovitch, le responsable du service comptabilité de La Séclya. Il l'utilise pour tenter d'anéantir Cédric lors d'un incendie de forêt gigantesque. Acculé, Cédric décide d'affronter ce double ennemi : sa peur et Lexhil.

Mortellement brûlé, il est ramené in extremis dans le monde réel par Tulay, mais découvre que sa vie a été rachetée par la vie de sept promeneurs innocents. Dès lors, il comprend qu'il ne pourra plus jamais vivre comme avant avec insouciance et accepte la formation de Firstub.

Accompagné de Tulay, qui apprend à maîtriser ses aptitudes de matérialisation, il s'aperçoit qu'il a développé une puissante « extension » lui permettant d'augmenter ses capacités énergétiques : la caudale.

1 – *Retour*

Dix heures, je me réveille. À côté, Tulay dort encore. Plus de huit heures de repos, quel bonheur ! Je profite de cet instant où mon corps flotte entre le sommeil et la veille complète. Je me sens enveloppé d'une lumière blanche, intense, familière et douce en même temps. Une sorte de sentiment d'éternité me soulève et je me laisse transporter par ce bien-être rare.

Rare et de courte durée ; mon mental reprend le dessus et commence à me susurrer à l'oreille quelques questions suspectes restées sans réponses. Et pêle-mêle, telle une déferlante marine, elles m'assaillent de toute part : où va-t-on après la mort ? Quel est le rapport entre mamie Line et Firstub ? Comment la connaît-il ? Comment ai-je pu choisir de vivre un cauchemar pareil ? Et surtout, quand ?

Les autres humains ne discutent pas avec les morts. Ils vivent des vies normales et rencontrent des gens comme eux. Enfin, je crois. Est-ce que je suis un être étrange comme Firstub ou Lexhil ?

Et les monstres, s'ils ont réussi à trouver une faille chez moi, alors il doit bien y avoir d'autres failles possibles, chez moi ou chez d'autres personnes. Qu'est-ce qu'ils cherchent ? Comment attaquent-ils ? Est-ce qu'ils prennent nos corps ? Est-ce qu'ils utilisent nos codes génétiques ? Sinon, pourquoi vouloir à toute fin les garder dans des lieux secrets, camouflés derrière des écrits qui disparaissent, mais ne réapparaissent pas ?

Je suis certain que sur la feuille que j'ai subtilisée dans le bureau de monsieur Qalkulovitch, il y avait un tableau de données chiffrées.

Quand on l'a présentée à la flamme, ce sont ces données qui auraient dû apparaître. Par quelle magie ont-elles été remplacées par le code génétique de Thierry Qalkulovitch ?

Quant à notre protecteur, qui est-il vraiment ? Pas un humain, il nous l'a clairement fait comprendre. Un Terrien ? Il vit sur la même planète, mais est-ce son lieu de vie permanent ou juste un espace de transit pour rester proche de nous, le temps de faire ce qu'il a à faire ? Il a des pouvoirs exceptionnels et semble dire que Tulay et moi sommes capables de les acquérir. Cela paraît incroyablement impossible. Se dématérialiser, tous les savants seraient au courant si les humains pouvaient le faire ! En tout cas, si c'était possible d'apparaître comme ça chez les gens, ça générerait une sacrée panique !

/

En quinze jours, j'en ai plus appris qu'en vingt-cinq ans. Pour Tulay et moi, le temps s'est réellement accéléré. Nous sommes fin juillet, si j'ai bien compris les propos de Firstub pendant cette semaine : je dois vaincre Lexhil avant décembre. Cinq mois, c'est court, mais pourquoi pas ; en quinze jours, nous avons déjà tellement changé.

Je sais que je peux utiliser la peur pour décupler mes forces. Je possède maintenant un organe puissant pour augmenter mon énergie et élever mon niveau vibratoire, même si je ne sais pas encore à quoi cela peut servir. Quant à Tulay, elle commence à vraiment apprécier les plaisirs de la création.

Cette histoire ne m'effraye plus autant, à présent elle m'excite. Il n'y a plus que quelques heures à attendre pour retourner à La Séclya.

2 – *Frustrée*

Tulay se réveille à son tour. Elle s'étire et m'embrasse en arborant un sourire radieux.

— Aujourd'hui, c'est moi qui prépare le plateau, clame-t-elle d'un ton enjoué.

Aussitôt dit, aussitôt fait. Elle descend les escaliers en chantonnant, puis plus un bruit. Je me sens bien. Tous mes doutes, toutes mes questions se sont volatilisés. La bonne humeur de Tulay n'y est pas pour rien.

Le répit est de courte durée, je l'entends bougonner dans la cuisine. J'ai décidé de me faire dorloter ce matin, alors j'attends patiemment. C'est d'autant plus agréable que je sens l'odeur du café et celui des tartines grillées.

Tulay monte portant le plateau. Elle n'affiche plus vraiment la mine réjouie qu'elle avait au réveil. Je la regarde avec une expression interrogative :

— Il y a un problème ?

— Ça ne marche pas, ici ! rétorque-t-elle boudeuse. J'ai essayé de me concentrer sur un super petit-déjeuner avec du pain chocolat noisette, deux tasses toutes prêtes, des fruits secs dans deux jolis petits ramequins, des jus de fruit et RIEN. Même après dix minutes ! Tout ce que j'ai gagné, c'est un gros mal de tête.

Elle arbore une véritable moue d'enfant gâtée comme je ne lui en ai jamais vu. J'éclate de rire, elle est encore plus belle comme cela !

— C'est normal, ici le niveau vibratoire est beaucoup plus lent… c'est fini, la magie des vacances !

— À quoi ça sert ? J'ai passé une semaine à me contrôler pour ne pas voir arriver toutes sortes de choses saugrenues dans mon quotidien et pof, là, c'est fini. C'est nul. Ça va être beaucoup moins drôle maintenant… Tu vois, c'est comme si on t'offrait de vivre dans un palace pendant une semaine avec tout ce que tu pourrais désirer à portée de main, le lit de plus de deux mètres de large, le jacuzzi à volonté, les saunas, les petits massages, tout quoi et puis sans transition, on te renvoie dans une bicoque minable !

— Ça a forcément un sens. Jusqu'à présent, rien ne nous a été inutile. Voyons voir ce merveilleux petit-déjeuner fait maison.

— Heureusement que la technologie bien terrestre est venue à mon secours : il restait du pain dans le congélateur et un paquet de café dans le placard.

Après un tendre baiser, nous attaquons les tartines à pleines dents.

/

Tulay commençait à bien maîtriser cette technique. Chez Firstub, c'était terrible, chacune de ses pensées se matérialisait, même les plus saugrenues. C'était tantôt très drôle, tantôt très inquiétant. Après avoir réactivé son souvenir des hyènes, elle n'a pas eu d'autre choix qu'essayer de « réfléchir avant de penser ». C'était tellement difficile que Firstub a modifié la règle et allongé le délai de concentration. Du coup, après une semaine de self-control, sa frustration est grande.

Finalement, je suis content, en ce qui me concerne, apprendre à puiser de l'énergie est réellement plus facile que contrôler mes pensées ! Chacun son rôle.

3 – *Tous complices*

« Il est temps de retourner à La Séclya, tu devrais te dépêcher, j'ai hâte de savoir ce qu'il s'est passé pendant notre absence.

— Tu crois que l'ascenseur va nous déposer dans ton bureau ? Ce serait quand même bien comme récompense. Tu ne trouves pas ?

— Sois un peu sérieuse, il n'y a pas de danger immédiat. Ça m'étonnerait que cela fonctionne.

— Grrr, alors plus de pensées réalisées immédiatement, plus d'ascenseur-téléporteur, cette vie-là manque vraiment de piquant ! »

/

À peine sommes-nous arrivés dans les bureaux que monsieur Vandekhor nous interpelle :

— Cédric, Tulay, cela fait vingt minutes que le Conseil est réuni en salle G. Nous vous attendons.

Tulay chuchote :

— Si l'ascenseur avait fonctionné, on serait arrivé à l'heure !

Je ne peux m'empêcher de sourire : les événements ne l'ont pas atteinte en profondeur, elle a toujours réponse à tout.

/

Dès l'entrée dans la salle G, j'ai senti que l'ambiance avait changé. L'atmosphère est lourde et je m'attends au pire. Après les salutations habituelles, c'est Firstub et non monsieur Vandekhor qui prend la parole. Aïe, c'est vrai que depuis plus d'une semaine, il a dû se passer des choses ici.

— Pendant votre absence, nous avons découvert un univers

parallèle au nôtre entièrement colonisé par Lexhil. Je n'ai pas pu m'y rendre, une sorte de barrière invisible m'en interdit l'accès. Nos homologues américains ont réussi un passage de très courte durée. Nous disposons donc de quelques informations. D'après ce qu'ils ont vu, cet espace est occupé par des êtres d'apparence humaine. Ces personnes semblent toutes jeunes et travaillent aux champs. Après diverses tentatives, nous avons réussi à envoyer une sorte d'avatar de vous, Cédric.

Il a prononcé ces derniers mots en plongeant un regard grave et profond dans le mien.

— Vous voulez dire un être virtuel ou un double de moi-même, comme le « Cédric » qui travaille ici quand je suis de l'autre côté ?

— Les deux. Pendant votre absence, l'ensemble de l'équipe a travaillé sur ce projet et votre double physique a pris place là-bas. Seul vous, pouvez l'occuper et modifier sa programmation.

Je suis scotché ! Alors eux aussi, toute l'équipe et même Tristan ne travaillent là que pour la vitrine. Je sens Tulay très tendue. Elle ne peut s'empêcher d'intervenir :

— Nous allons repartir ?

— Oui, mais pas tous les deux au même endroit. Pour se rendre dans l'espace dont nous venons de parler, il faut abandonner son corps sur place.

Avant que je n'aie eu le temps de réagir, il ajoute très vite :

— Concrètement, vous retournerez ensemble dans l'espace parallèle que vous connaissez. Tulay y restera pour garder le corps physique de Cédric, qui franchira le passage vers ce nouvel univers en utilisant sa puissance caudale.

Le temps que je comprenne de quoi il retourne, Tulay a réagi :

— Qu'est-ce que je vais faire, seule ? Juste attendre ?

Firstub se détend et sourit :

— Nous savions que cela ne te plairait pas, mais c'est indispensable.

Il n'y a aucun passage direct et nous avons de fortes raisons de penser que tu pourras utiliser tes capacités de matérialisation pour le faire revenir. Aller dans ce nouvel espace signifie s'incarner dans l'avatar que nous avons réussi à placer là-bas. Nous avons fait plusieurs tentatives, mais une seule de nos expériences de matérialisation physique est encore en fonction.

— Et les autres ? dis-je avec inquiétude.

— Ils ont tous été détruits. Nous ne savons pas comment. Nos avatars sont tous arrivés à bon port, mais ils ont tous disparu quelques heures plus tard. Du moins, nous n'avons plus reçu de signaux de leur présence.

Un lourd silence pèse dans la salle, puis Firstub reprend :

— Nous ne disposons que de quelques heures pour vous préparer, vous devrez être passé dans votre double avant 17 heures. C'est la nuit que nous les perdons.

Je comprends pourquoi tout le Conseil est si grave. On me propose un saut sans filet avec à la clé un billet sans retour !

Monsieur Vandekhor prend la parole :

— Chaque membre de notre équipe a travaillé sur une partie de ce projet. Vous allez passer une heure dans chaque bureau et vous comprendrez mieux vos rôles respectifs. Nous nous retrouverons tous ici à 16 heures. Vous commencerez par étudier les passages possibles avec Tristan. La séance est levée.

Tristan ! J'ai beau savoir que tous les responsables n'affichent qu'une façade, j'ai du mal à concevoir que Tristan soit mêlé à tout cela. C'est le meilleur ami de papa. Il fait un peu partie de la maison. Si papa savait ça !

Si j'ai bien compris, mon corps vide va rester près de Tulay et ma partie « agissante » va occuper un corps fictif ailleurs. Firstub m'a enseigné comment utiliser la caudale pour puiser de l'énergie, mais rien sur la façon de me dissocier et d'occuper un autre corps !

4 – *Défi*

16 heures, salle G. Toute l'équipe est là, nous allons partir. La journée a été particulièrement lourde. D'heure en heure, nous avons fini par cerner la situation.

Je vais partir vers l'inconnu, seul, avec si peu d'informations que je n'arrive même pas à m'en faire une représentation mentale. Moi, le champion de l'imagination galopante, je sèche ! À moins que ce ne soit la peur qui paralyse mon cerveau. La peur, quelle ironie !

Je viens de passer quinze jours à apprendre à y faire face et la voilà de retour. Je la sens, tapie dans l'ombre, aussi susceptible d'attaquer par surprise que les hyènes de l'autre jour. Nous croyons toujours avoir gagné et il suffit d'un nouveau défi pour se rendre compte que nous ne sommes pas si forts que ça. C'est comme si la bête guettait le moment propice du fond de mes tripes. Je comprends l'expression « la peur au ventre ». Quelle ironie, je vais franchir des distances inconcevables pour un esprit cartésien, afin de combattre un ennemi intérieur !

Tulay a tout de suite mesuré les risques, son expérience de la mort hospitalière l'a beaucoup aidée aujourd'hui. Elle sera ma seule chance de retour. Mikaël Gorosian, le remplaçant de Qalkulovitch, nous a expliqué que nos deux mentaux vibraient sur la même fréquence. Ils espèrent que nous pourrons communiquer et que Tulay pourra me guider mentalement pour le retour.

Mais tout cela n'est que suppositions et calculs purement mathématiques. Aucun test n'a pu être réalisé et rien ne prouve que ce soit possible.

C'est impressionnant, je vais vivre la chose la plus incroyable qui soit pour un humain et je ne ressens aucun enthousiasme. C'est même plutôt l'inverse, j'ai l'impression d'être au bord du gouffre. Dans moins d'une heure, j'aurai réellement quitté ce corps pour intégrer un double complètement fictif dans un univers inconnu et hostile.

C'est à nouveau Firstub qui prend la parole :

— Comme cela vous a été expliqué, vous passerez ensemble dans notre aire parallèle et Tulay y restera. Toi Cédric, il te faudra appliquer à la lettre l'exercice que nous avons travaillé la semaine dernière. Tu ne parviendras à te détacher de ton corps qu'en mobilisant cette énergie extraordinaire que tu sais maintenant capter. Tout va dépendre de ta capacité à rester concentré sur le corps de destination. Ce n'est pas si difficile, nous autres le faisons couramment, il suffit de n'avoir qu'une seule et unique pensée.

— C'est un des points qui m'inquiètent. Pour le retour, penser que je serre Tulay dans mes bras me semble relativement simple. Le voyage aller est plus problématique : m'imaginer arriver dans mon corps en quittant mon corps n'est pas évident !

— Les défis n'ont d'autre raison d'être que de nous pousser à nous dépasser.

C'est Tristan qui m'a répondu et, du coup, cette conclusion prend une tout autre dimension. C'est un encouragement, une motivation à mon intention.

Depuis ma plus tendre enfance, Tristan m'a toujours poussé à me dépasser. Je ne peux pas le décevoir, s'il avait été à ma place, il aurait relevé ce défi et aurait été fier d'être choisi pour cela. Du moins, c'est ce que je pense. Nos regards se sont croisés et j'ai senti que j'étais prêt. Tulay et moi ne pouvons plus retourner dans la monotonie du quotidien. Je dois réussir pour tous ceux qui restent ici et, au-delà, pour l'ensemble des humains.

Comme si Tulay avait suivi le déroulement de mes pensées, elle déclare d'une voix ferme :

— Bien, alors allons-y !

Sur un geste de Firstub, la salle G se vide et nous traversons la table.

5 – *Erreur d'atterrissage*

Où est-ce que j'ai atterri ?

Courbé en avant, je sens que mon corps exécute une sorte de danse très rythmique, mais sans éprouver le moindre plaisir. Je plonge ma main droite dans un sac accroché sur mon dos et dont l'ouverture se trouve sous mon bras gauche. J'en sors une jeune pousse d'herbe que je plante dans le terrain imbibé de l'eau dans laquelle je patauge. Accompagné d'un bruit de ventouse, chloup, j'avance ma jambe droite, plof. Je reproduis le même geste du bras droit, puis c'est le tour de ma jambe gauche d'effectuer son chloup-plof et je recommence.

Je jette un coup d'œil à droite : je ne suis pas seul. D'où je suis, je peux distinguer une dizaine de paires de jambes qui avancent au même rythme de chloup-plof que moi. J'en dénombre à peu près autant à gauche. Je n'ose me redresser. Une partie de moi m'ordonne de continuer cet enchaînement de mouvements vifs et précis. Je dois avoir un chapeau sur la tête, quelque chose m'empêche de voir plus loin.

On dirait une sorte de rizière. C'est ça, je repique du riz. En tout cas, c'est à cela que ça ressemble. Ce n'est pas très original, j'ai dû abandonner mon corps pour planter du riz ! J'en pleurerais presque de déception. Malgré toutes les descriptions que m'a fournies monsieur Spikas, le pseudo RH de La Séclya, je m'attendais à tout sauf à ça !

Chloup-plof, chloup-plof, chloup-plof… Et puis, soit j'ai un peu grossi pendant notre semaine de repos, soit ils ont généré un avatar un peu plus maigre que moi. Je me sens coincé comme si j'avais enfilé une combinaison de plongée trop étroite. À moins que ce ne soit le transfert que je supporte mal. Occuper un autre corps est bien moins palpitant que je le pensais. Celui-ci a des gestes complètement automatiques. J'ai plus l'impression que c'est lui qui dirige que moi. C'est peut-être le temps d'adaptation.

Il est laid, ce pantalon ! On dirait des braies gauloises en grosse toile de jute au tissage très serré. Les jambes de tous ces gars ne doivent pas être très belles à voir là-dessous. Mon torse est protégé par une sorte de tunique dans le même tissu au contact rugueux. Bon sang ! J'espère que je ne vais pas rester dans ce corps trop longtemps. Ça sent la pauvreté à des kilomètres, c'est pas vraiment touristique, ici. Si je veux repartir vite, il faut que je capte un maximum d'informations en un minimum de temps et surtout que je réussisse à rester en vie…

Il faudrait que j'arrive à voir la tête du type à ma droite, mais il est complètement concentré sur son boulot. D'ailleurs, ils ont tous l'air très concentré sur ce qu'ils font. C'est quand même pas passionnant ! J'espère qu'on va bientôt faire une pause pour que j'essaye de m'éclipser.

TUUUUUUT ! Le corps qui m'abrite se relève d'un coup, répondant comme un robot au sifflement strident qui vient d'exploser mes tympans. Aucune chance de faire celui qui n'a pas entendu ! C'est le moment, il faut que je voie la tête de mon voisin de droite. Mon corps propriétaire m'obéit au doigt et à l'œil, sa tête pivote. Whaou, c'est géant, ça a l'air de fonctionner !

Merde alors ! Mon palpitant s'emballe. Mes yeux ont dû exploser dans leur orbite. C'est moi ! Le type à côté… c'est « moi » ! C'est l'horreur, j'ai dû me tromper dans le transfert. Je ne suis pas dans le bon corps. Une énorme boule se coince dans ma gorge, j'ai envie de hurler, de retourner dans moi. Aucun son ne sort ! J'ai froid partout dans ce corps qui ne m'appartient pas. Comment je vais faire ? Je ne peux même pas prévenir La Séclya. Est-ce que je vais pouvoir quitter ce corps-là ? Prisonnier. Je suis enfermé dans la pire des prisons : un corps hideux, robotique, qui avance complètement indifférent à ma détresse. J'ai envie de le taper, de me taper, je ne sais plus qui je suis, où je suis…

L'autre, enfin celui qui me ressemble, pose sur moi un regard totalement vide, inexpressif. Je l'observe, ahuri et désorienté extérieurement, en ébullition intérieurement. Je voudrais le secouer, lui hurler que je suis là. Peine perdue… c'est un avatar vide.

Il se retourne et toute la colonne avance au même rythme, m'entraînant vers le champ suivant.

6 – *Des machines agricoles*

Personne ne dirige cette colonne mouvante. C'est stressant, ils avancent tous au même rythme vers le même but, sans émettre le moindre son. Est-ce qu'ils savent parler ? Je n'entends qu'un sifflement continu et lancinant. Nous sommes surveillés. C'est certain, nous sommes surveillés, mais par qui et comment ? Je ne peux relever la tête sans me distinguer du lot. Un lot, c'est exactement ce que ça m'inspire, un lot de robots humanoïdes qui avancent comme des machines bien huilées.

Un coup d'œil sur le côté... Des éoliennes ! À perte de vue, des champs d'éoliennes ! Des cultures de riz à l'ancienne et des champs d'éoliennes ? Qu'est-ce que Lexhil manigance ?

La colonne s'arrête, puis repart au même rythme, sans vie. Toujours tête baissée, je plisse mon front, relève légèrement la tête. Attention ! Ne pas me faire remarquer. Il faut que je voie vers quelle destination nous avançons. J'ai l'impression que la journée de travail est terminée. Là devant, les gars semblent descendre un escalier. Ils ont tous à peu près la même corpulence que moi. Je distingue nettement les cinq gars qui me précèdent : même taille, même stature. C'est étrange, c'est comme si on les avait triés par rapport à leur corpulence.

Je descends à mon tour dans ce tunnel, le jour disparaît. Nous franchissons ce qui semble être une grosse porte. Blindée ? Je ne sais pas, mais très lourde et visiblement sécurisée.

Nous sommes maintenant dans une espèce de grand hall de gare, lugubre, bétonné, sans la moindre décoration, même pas de publicité. Je peux distinguer à droite et à gauche une série de portes toutes identiques. Merde, on dirait une prison ! Il n'y a même pas de judas aux portes. Tout est glauque. C'est sûrement ici que les avatars précédents ont disparu. Il faut que je redouble de vigilance. Mon cœur cogne dans ce poitrail qui ne m'appartient pas. C'est fou, cet individu et moi fonctionnons à l'unisson. Enfin, presque, puisqu'il refuse de hurler quand tout en moi l'exige. Après tout, c'est normal, ce n'est pas mon avatar. Il faudrait que je puisse vérifier ce que je peux faire et ne pas faire avec ce corps-là.

Le gars devant moi se remet en marche. Je n'ai pas le choix, il faut que je le suive comme un petit robot. J'ai l'impression que le corps que j'occupe ne réfléchit pas. En tout cas, je n'entends pas ses pensées ! Si je ne suis pas dans le bon corps, je devrais ressentir la présence de l'autre… Enfin, peut-être pas. C'est lui qui doit se sentir bizarre.

Nous entrons dans un immense dortoir en bois avec des couchettes sur deux étages. J'ai l'impression d'être dans un immense placard de rangement : il y a une allée centrale et, de part et d'autre, deux immenses rayonnages de planches-lits sur deux hauteurs. Ce ne sont pas des boîtes de conserve qui sont alignées mais des humains, allongés les uns à côté des autres, têtes vers le mur, pieds vers le couloir, sans draps ni couvertures. Un frisson irrépressible parcourt mon dos : on dirait une chambre mortuaire, mais sans tiroirs réfrigérants. La grosse porte blindée de l'entrée s'est refermée derrière nous, je l'ai entendue. Comment sortir vivant d'ici ?

Je m'allonge à mon tour, j'enlève mécaniquement mon chapeau. J'aurais dû m'y attendre, c'est un vulgaire chapeau pointu chinois en paille grossière. C'est pas le top, la mode, ici !

Ma place est en bas, à environ deux mètres de la porte. Je vais me retourner tout doucement pour voir le gars allongé à ma droite. Bon sang ! C'est pas possible, c'est moi ! Mon palpitant s'accélère, je regarde à gauche… C'est moi ! Je suis entouré par MOI. Une vague de terreur m'assaille et investit tout mon mental. Je lutte contre ce corps qui ne demande qu'à obéir au protocole : s'allonger et dormir. Je me soulève sur les coudes au prix d'un énorme effort et tente désespérément de voir les autres gars. Moi, moi, moi, partout. Ce dortoir, sorti d'un autre temps, est rempli de « moi ». J'ai peur, plus que peur. Une peur inexprimable. Quelque chose d'énorme qui voudrait exploser. Je ne peux pas hurler, ce corps stupide ne réagit pas à ce stimulus. Il ne transpire même pas ! Toute ma peur reste bloquée dans mon mental. Une vrille explose ma tête. Est-ce qu'il la ressent ? Maîtriser la peur. Je dois y parvenir… Comment ? Comment vaincre un ennemi intérieur dans un corps qui ne répond qu'à certains stimuli ? Je suis là, allongé, torturé à l'intérieur sans rien pouvoir exprimer. Je n'ai que mes pensées pour agir. Il faut que je les détourne, que je me concentre sur ce corps, que j'arrive à le comprendre et à le diriger… Physiquement, je ressens mes muscles, mais il y a quelque chose qui cloche. Tout se passe dans mon mental, ce corps semble dormir tranquillement alors que mon cerveau est complètement torturé.

Tous ces « moi-là » allongés sans émotion sont immondes et effrayants : on dirait des morts-vivants. Des clones humains-inhumains.

Des clones ! Il y a un malade qui m'a cloné et qui me fait travailler dans les champs !

La porte du dortoir se referme lugubrement. Nous sommes dans le noir total. Mes clones ne bougent pas. Dans ma tête, tout bouillonne. Je suis furieux. Ils le savaient. Tous à La Séclya, ils le savaient. C'est pour cela qu'il fallait que ce soit moi. Évidemment, au milieu d'un troupeau de « moi » amorphes, le seul qui pouvait passer inaperçu, c'était moi !

L'horreur ! Cette situation est complètement invraisemblable. Personne ne me croira ! Les clones ont travaillé comme des machines puis ils se sont parqués ici tout seuls pour je ne sais combien de temps. Est-ce que des clones mangent ? Est-ce qu'ils vont aux toilettes ?

Comment je vais faire quand ma vessie sera pleine ? Mon avatar m'obéit, mais pas pour tout, une partie de ses comportements semble conditionnée. Monsieur Vandekhor ne m'a rien dit à ce sujet, ni Gorosian, d'ailleurs. Est-ce que ce sont eux qui l'ont programmé comme cela ou est-ce que je me suis vraiment trompé de destination ?

Ils ont tous l'air vide de toute intelligence. Leurs regards n'expriment rien, on croirait plonger dans un abîme sans fin. En fait, je crois que ces clones effectuent les mêmes tâches, au même rythme parfait, sans se poser la moindre question. Ils réagissent aux mêmes stimuli, exactement de la même manière, au même moment. Quand la sirène a retenti, mon corps s'est redressé automatiquement sans la moindre volonté de ma part. Lorsque je repiquais le riz, c'était ce corps qui le faisait, pas moi. Quelle part de moi-même peut agir et jusqu'à quel point ? Mon cerveau fonctionne parfaitement... Je peux bouger volontairement mes doigts... mon bras... la jambe. Cet avatar semble à la fois programmé pour fonctionner comme ces hommes et pour suivre certains de mes ordres mentaux. Hum ! Il va falloir que je sois très prudent si je ne veux pas me faire repérer. Il faut absolument que je colle au modèle.

Quelle ironie ! Le modèle, c'est eux ou moi ?

Ces hommes travaillent aux champs dans une chorégraphie parfaitement orchestrée, mais sans le moindre chef d'orchestre. Je n'ai vu aucun garde, vigile ou quoi que ce soit de ce genre, pourtant j'ai eu le sentiment d'être épié. Même ici, dans le noir total, je sens bien qu'on nous surveille.

Il n'y a pas un bruit, hormis le rythme sinistre des respirations. Ils respirent, c'est toujours ça. J'en entends un qui ronfle ; ça m'attendrirait presque ! J'ai tellement besoin qu'ils soient un tant soit peu humains que je suis à l'affût du moindre indice. Il faut que je garde mon calme. Ne pas faire de faux pas. Hum, pas facile... Finalement, que mon enveloppe connaisse le rituel est sûrement un atout.

Je ne parviens pas à me détendre, tous mes muscles me font mal. Au moins, il y a une connexion qui fonctionne, je sens la douleur physique. Brrr, pas certain que ce soit un bon plan, ça !

Cette planche est vraiment inconfortable. Il faut absolument que je bouge, si je ne veux pas finir complètement ankylosé.

J'ai l'impression d'être le seul esprit pensant. Non ! Cela signifie-t-il que ce ne sont que des machines agricoles ? Des robots d'apparence humaine pour travailler dans les champs ? Pourquoi pas, si Lexhil a les mêmes pouvoirs que Firstub, tout est possible. Pourtant, ces robots dorment. Ils ont donc une faiblesse : le besoin de récupérer.

C'est évident, maintenant c'est évident : je ne suis pas arrivé dans le mauvais corps. Mon avatar me répond physiquement à la perfection, mais il ne traduit pas mes émotions. Après tout, ce sera peut-être un énorme avantage. Les émotions sont souvent les pires traîtres.

Pour l'instant, tout va bien, j'ai survécu, mais pour combien de temps ?

7 – *Rêve ?*

« Tulay, mais qu'est-ce que tu fais ici ?
— C'est plutôt à moi de te le demander. Alors, c'était comment ?

— Comment ça, c'était comment ? »

Je tâte autour de moi, je ne suis plus dans ce dortoir sordide. Tulay est dans mes bras. Nous sommes enlacés sur une couche tout à fait confortable. Rien à voir avec la planche sur laquelle je me trouvais il y a… ?

— Bon sang, j'ai dû m'assoupir et rêver de toi. À moins que je ne sois en train de rêver !

— Rassure-toi, tu ne rêves pas. Tu es bien là. Entre un corps vide et inerte, et toi dedans, il n'y a pas de doute possible. Explique-moi ce que tu as vu là-bas.

Je dépeins le plus fidèlement possible ce qui s'est passé depuis mon départ, ainsi que tous mes questionnements et je conclus :

— On dirait une sorte d'immense camp de travail, entouré de champs d'éoliennes à perte de vue. Il faut absolument que j'y retourne pour en savoir plus.

— Tu dis qu'ils t'ont cloné à l'infini ! Écoute, Cédric, si tu as l'impression de diriger les choses, moi pas. Il y a quelques mois à peine, nous vivions tranquillement, amoureux, sans nous poser de questions, et nous voilà manipulés comme des marionnettes auxquelles on laisse entrevoir je ne sais trop quels pouvoirs magiques en récompense de… Je ne sais pas quoi, mais quelque chose qui nous dépasse. Je suis certaine qu'ils savaient tout ce que tu trouverais. C'est pour cela que je ne peux pas t'accompagner. Je n'ai aucune confiance en eux. Même Firstub ne t'a pas prévenu !

La peur se lit dans ses yeux. Je la serre dans mes bras, conscient qu'elle a parfaitement raison, une fois de plus. Mais je mesure également qu'une menace terrible pèse sur notre planète. Ces êtres sont capables de cloner à l'infini un être humain et de choisir quelles fonctions de ces « humanoïdes » leur sont utiles. Ils occupent une partie de notre Terre sans que la plupart des humains en aient conscience. Je ne m'imagine pas une seconde en train d'aller clamer sur les toits qu'un danger nous menace, mais que personne ne peut le voir parce qu'il est dans un monde parallèle. Dans quel but font-ils tout cela ? Quel est leur prochain objectif ?

— Je dois y retourner, ma chérie. C'est moi qu'ils ont cloné. Je veux savoir comment et à quelle fin. S'ils sont capables de faire cela, la Terre est vraiment en danger. Il me serait de toute façon impossible de vivre comme si tout cela n'existait pas. Plus maintenant, je n'ai plus le choix.

— Je sais à quoi tu penses. Lexhil t'a absorbé à travers Qalkulovitch et cela semble bien signifier qu'il possède maintenant ton code ADN.

— Qu'il me reproduise de cette manière ou d'une autre, c'est bien de moi qu'il s'agit. Je n'ai vu aucun clone de Qalkulovitch, lui aussi a été absorbé ! Il y a plus derrière tout cela et seul moi peux y retourner.

Tulay pleure doucement. Je caresse ses cheveux et l'embrasse.

— Tu sais, Cédric, c'est terrible de rester ici. Comme chez Firstub, il me suffit de penser quelques minutes à quelque chose pour l'obtenir, mais à quoi bon tout cela, puisqu'il m'est interdit de penser à toi sans te mettre en danger. C'est la chose la plus difficile à faire pour moi. Je dois en permanence me surveiller pour chasser toute image de toi. Comment savoir si c'est toi qui as rêvé de moi ou si c'est moi qui t'ai rappelé en dormant ? J'ai l'impression d'être un fardeau plus qu'une aide pour toi.

Dans un murmure, je tente de la rassurer :

— Maintenant, nous savons pourquoi il était si important que tu apprennes à contrôler tes pensées. Sans toi, je n'ai aucun espoir de retour. Tu es la seule qui puisse me ramener ici. Dans cette épreuve, nous sommes bien deux, c'est cela notre force.

Nous restons un instant silencieux et immobiles, juste totalement présents à cet instant tant nous sommes conscients de sa brièveté.

Doucement, j'éloigne Tulay de moi et à nouveau, je me concentre sur l'énergie que je puise dans les profondeurs de la Terre pour élever mon niveau vibratoire et changer d'espace. En quelques secondes, l'image de Tulay s'estompe.

8 – *Repéré*

L'intégration dans mon avatar s'est faite beaucoup plus aisément, cette fois-ci. Je dois m'être adapté, à moins que ce ne soit lui qui se soit modelé à son occupant. C'est un peu comme un jeans, la deuxième fois qu'on le met, il semble fait pour nous.

Le dortoir est toujours rythmé par les respirations de ces pauvres diables. Tiens ! C'est surprenant ! Nous sommes au moins cinquante hommes alignés comme des sardines et il n'y a absolument aucune odeur de transpiration, ni de quoi que ce soit d'autre. Je ne sens pas d'air, donc pas de ventilation importante. Ce ne sont pas des clones physiques complets, il n'y a pas que les émotions qui leur manquent.

TUUUUUT ! Tous se redressent. Mon clone suit le mouvement et, dans un ordre parfait, nous nous dirigeons dans le hall vers la sortie. J'en profite pour scruter de tous côtés. Toutes les portes du hall vomissent leur flot d'humanoïdes. Chaque groupe semble différent. Ils sont tous identiques à moi, mais à des âges différents ! Chaque colonne correspond à une tranche d'âge. Les plus jeunes me rappellent mes 18 ans. J'appartiens à la colonne des plus âgés, semble-t-il, les 25 ans puisque c'est mon âge. Visiblement, tous les groupes se dirigent vers la sortie. Pas de douche, pas de repas, c'est encore pire qu'au bagne !

Au moment de quitter le hall, une de mes copies sort vivement de derrière la porte, me jette un regard fiévreux et se place juste derrière moi. La colonne n'a pas changé de rythme. Personne ne s'est aperçu de son manège.

Mon cerveau s'emballe ; ami, ennemi ? Peu importe, il est dans mon dos, il m'a repéré. D'autres ont pu le faire aussi. Ils ne sont donc pas tous indifférents à leur environnement. J'avance, tendu, craignant un coup par-derrière.

— Surtout ne te retourne pas, avance tête baissée, le regard vide.

C'est exactement ma voix ! Je sens un frisson circuler sous la toile rugueuse de ma tunique. Menace, conseil, je ne saurais le dire, mon clone a l'air effrayé. J'obéis, c'est mon seul espoir d'en savoir un peu plus et de comprendre enfin ce qui se passe ici. Nous pourrons certainement échanger quelques mots discrètement quand nous serons penchés dans le champ. Je ne sais pas comment on nous surveille, mais l'attitude de ce gars est claire : nous sommes en danger.

Mon avatar semble de plus en plus me coller à la peau. Elle est drôle, cette expression, c'est plutôt moi qui colle à la sienne ! En attendant, je suis certain d'avoir ressenti un frisson physique. On dirait que je suis en train de le modifier, ça me rassure, s'il faut agir vite, c'est mieux d'être synchronisé.

9 – *Ver*

La rythmique de la veille reprend sans que j'aie vu un quelconque surveillant ou chef d'équipe. Tout semble soigneusement programmé, automatisé et tous obéissent, totalement hypnotisés. Nous sommes une cinquantaine, en ligne, et devant nous s'étend un champ dont je ne vois pas la fin. Le sac que j'ai chargé sur mon dos au bord du champ pèse au moins cinquante kilos. Il y en a pour des heures à repiquer tout ça !

Après trois repiquages, mon voisin se manifeste enfin :

— C'est notre dernier jour, j'ai vu les nouveaux arriver ce matin. Il faut absolument qu'on s'éclipse avant l'abattage.

— Hein, quoi !

— Chuuut. Sois plus discret, sinon les vers vont nous repérer ! Surtout, ne t'arrête pas une seconde de travailler !

Sa voix est saccadée et transpire la peur. Je n'ose tourner la tête.

— J'ai remarqué le manège : chaque fois qu'un groupe de jeunes arrive, les anciens disparaissent. Aujourd'hui, les anciens, c'est nous. T'as pas l'air endormi comme les autres ! T'as fait comme moi, hein, t'as réussi à pas tout téter ?

Je n'ai pas vraiment le choix, il faut que j'arrive à le faire parler davantage. J'y vais au flan.

— Écoute, je viens d'un autre groupe, ça ne se passe pas comme ça, là-bas. On ne tète pas.

Il a un petit sursaut de surprise. Après un long silence, il reprend :

— J'ai entendu cette nuit, tu n'as pas arrêté de bouger. C'était pas normal. Pourquoi t'es là ?

— Je n'en sais rien, je me suis retrouvé là, hier. Je ne comprends rien. C'est quoi, téter ?

Nouveau silence.

— Tu dois venir du même groupe que l'autre, celui qui m'a dit pour le tunnel interdit. C'est ça, hein ?

Je continue de bluffer, ça a l'air de marcher.

— Oui, c'est ça, sauf que le tunnel, je l'ai jamais vu, je suis parti avant.

— Alors, tu ne sais rien !… Ce soir, on n'ira pas au dortoir, on n'ira pas téter non plus. Ce soir, pour nous, c'est le tunnel. L'autre gars a dit qu'on n'en ressort jamais. C'est l'abattoir.

— L'abattoir !

— Il a dit qu'il avait réussi à s'échapper, mais qu'il avait vu les autres rentrer dans l'entonnoir et plus rien. Lui, il avait réussi à pas téter, c'est pour ça qu'il était lucide. Alors depuis, j'essaye de ne pas téter. Tu comprends ?

— Pas trop, vous tétez quoi et quand ? Depuis hier, je n'ai fait que planter et dormir.

— Bah, oui ! (Il hausse les épaules) C'est normal. On ne tète que quand les trois soleils sont alignés, juste après la grande nuit, parce que pendant la grande nuit, on devient plus vieux. À chaque fois, après le sixième repos, un groupe de jeunes arrive et les plus anciens ne reviennent pas après le champ. Ils vont à l'abattoir. T'as pigé ?

— Je crois que oui. Vous mangez une seule fois, au début de la semaine, en fait. Et vous vieillissez toutes les semaines. Tu as quel âge, toi ?

— Ben, comme toi, j'ai 25 semaines. T'es idiot ou tu le fais exprès ! On a obligatoirement tous le même âge puisqu'on est ensemble !

— Excuse-moi. Vous tétez où ?

— Vous devez tous vous rebeller si vous ne tétez pas ! Ici, on tète dans la salle au fond, après les dortoirs. Là-dedans, il y a une série de cabines, une chacun. Tu rentres, elle se moule sur ton corps et il y a quelque chose qui te nourrit directement dans la bouche. Le gars disait que c'était téter… Ici, ça n'a pas de nom… Rien n'a de nom… La première fois que j'ai réussi à ne pas avaler ce truc, j'étais plus pareil. Je veux dire, plus comme les autres. Je pouvais parler.

— Tu étais où, avant d'être dans ce groupe ?

— Ça, je me rappelle pas bien.

Il s'arrête, concentré pour fouiller dans sa mémoire. Ça ne prend que quelques secondes. Le sol vibre. Complètement paniqué, il hurle :

— Un ver !

Il n'a même pas le temps de tenter de fuir, un énorme ver sort de l'eau de la rizière. Il ouvre une gueule béante, disproportionnée par rapport à sa taille et l'entraîne dans le sol dans un sinistre « chloup », le corps à moitié avalé et… plus rien.

Chloup-plof, chloup-plof, chloup-plof, chloup-plof, chloup-plof, chloup-plof…

Je reste là, continuant mécaniquement le repiquage comme les autres. Comme s'il ne s'était rien passé. Horrifié.

10 – *Binôme*

« Cédric ! Réponds-moi. »
Tulay apparaît floue, devant mes yeux complètement hagards.

— Je suis revenu ?

— C'est moi qui t'ai rappelé. J'ai eu une horrible sensation, comme un froid glacial à l'intérieur. De toute façon, Firstub m'avait recommandé de ne pas dépasser vingt-quatre heures, il manque juste quelques heures. Que s'est-il passé ?

— Il faut retourner à La Séclya. J'ai besoin d'informations. Il faut que je voie Firstub. C'est… C'est immonde.

J'ai tout débité sans reprendre mon souffle, en proie à une crise de panique croissante à mesure que mon cerveau réalise ce qu'il vient de voir. Je devine qu'une monstruosité inimaginable pour un humain se prépare, mais je ne parviens pas à l'exprimer avec des mots.

Tulay me regarde, à mi-chemin entre l'interrogation et l'inquiétude sourde.

— Je viens de me voir mourir d'une manière horrible dans l'indifférence totale. Il faut rentrer. Maintenant.

J'ai hurlé ce dernier mot, en secouant Tulay par les épaules.

Elle se concentre quelques secondes à peine et l'arbre à fente se matérialise. Je n'attends même pas qu'il soit totalement visible pour plonger.

Il n'y a personne dans la salle G. Je me précipite dans le couloir jusqu'au bureau de monsieur Vandekhor, sans répondre aux bonjours polis du personnel non initié. Je bouscule sans ménagement mademoiselle Steuping, qui tente de m'empêcher de passer, et rentre en trombe dans le bureau, Tulay sur les talons.

Monsieur Vandekhor, Firstub et Tristan sont là, visiblement surpris puis soulagés de nous voir.

Ici, l'attente a dû être pénible. Firstub réagit le premier faisant apparaître deux confortables fauteuils dans lesquels nous nous écroulons. Je ne sais depuis combien de temps nous sommes partis, mais si l'écoulement temporel est le même de l'autre côté, cela fait plus de vingt heures.

Dans ma hâte d'exposer toutes les informations que j'ai recueillies, ma colère est tombée ; pourtant, je ne parviens pas à rester assis. Raconter cela comme une banale conversation de salon est impossible ; j'arpente la pièce en mimant chaque scène pour appuyer mes dires. Ils écoutent, attentifs à chaque détail, demandent des précisions en particulier sur les vers et la description de la salle de « tétage ». Puis Firstub me demande :

— Acceptes-tu que je visionne sur le mur les images qui se trouvent dans ta mémoire ?

Je reste abasourdi un instant.

— Vous pouvez voir ce que j'ai vu à travers ma mémoire et le projeter ?

La question me semble absurde, mais au point où j'en suis, je me demande où sont les limites du possible. Très naturellement, il me répond :

— Oui, je peux le faire avec toi, mais pas sans ton accord.

— On aurait pu commencer par là, ça aurait été plus simple !

— Non, ce type de manipulation n'est pas sans risques et sera particulièrement épuisant pour toi et pour moi. On ne le fait que lorsque c'est absolument indispensable. Nous allons nous retrouver en salle G, les murs sont prévus pour servir d'écran et elle dispose du nécessaire pour sauvegarder la projection et d'autres données. L'équipe aura besoin de ce matériel pour préparer ton prochain passage. Mais d'abord, je pense qu'il est préférable que vous preniez soin de vous. Nous vous informerons quand tout sera prêt.

Monsieur Vandekhor décroche son téléphone et demande qu'un repas nous soit préparé. Avec Tulay, nous quittons le bureau pour la salle de repos.

Tout a changé ici. Elle a visiblement été réaménagée pour nous. Nous disposons d'un coin-repas et d'un espace détente équipé d'un téléviseur, d'un ordinateur et d'un bar bien garni.

— Ça m'agace d'avoir les informations au compte-gouttes. Il suffit de regarder cette pièce pour se rendre compte qu'ils savaient qu'on en aurait besoin. Tout est agencé en fonction de nos goûts !

— Je ne suis pas certain qu'ils sachent vraiment où nous allons. Tu as vu les expressions de leur visage pendant mon récit. Je crois plutôt qu'ils nous chouchoutent parce que nous sommes les seuls à pouvoir nous rendre là-bas.

— Parle pour toi, moi je ne peux pas y aller. Je n'ai pas de « caudale ».

Elle a prononcé ces derniers mots avec dépit. Je ressens sa frustration.

— Oui, mais toi, tu peux faire apparaître ce que tu veux de l'autre côté. Pas moi ! À nous deux, nous formons un véritable binôme. Sans toi, je ne serais pas là, en ce moment. À l'heure qu'il est, mon avatar doit être passé dans l'entonnoir.

Rien que d'y penser, je me sens vidé. Tulay allume le téléviseur, à la fois pour fuir tout cela et peut-être aussi pour renouer avec un peu de quotidien bien banal, mais tellement rassurant.

11 – *Rassurante, la Terre ?*

L a télévision a cet avantage qu'elle nous relie au monde, car même ici tout nous semble surfait.

— C'est agaçant d'être coupés du monde comme ça tout le temps. J'ai l'impression de ne plus exister.

Nous regardons un film comique en dégustant notre plateau-repas. Une fois de plus, on nous a concocté des mets bien savoureux. Le film terminé, Tulay zappe sur les chaînes d'information internationales. L'écran vomit son lot de nouvelles aussi morbides et insipides les unes que les autres.

Je déteste les informations, pourtant l'une d'entre elles retient mon attention :

Selon nos informateurs dépêchés sur place, le dernier bilan provisoire de la catastrophe survenue ce mercredi 1er août dans une région isolée d'une province du nord-ouest de la Chine s'établirait ce matin à trente-deux morts et soixante-neuf disparus.

À l'origine de la catastrophe, des pluies torrentielles qui ont provoqué un glissement de terrain entraînant le détournement du lit de la rivière. Celle-ci s'est engouffrée dans le couloir formé par cette paisible vallée, avalant tout dans sa course folle.

Seuls témoins vivants, les femmes sont restées impuissantes devant l'énorme coulée de boue qui a englouti leurs maris sous leurs yeux. Du village qui surplombe la vallée, elles ont assisté à la vague de boue meurtrière qui a dévalé la petite enclave dans laquelle leurs époux travaillaient aux champs.

Ce torrent de boue et de pierres a recouvert une zone de cinq kilomètres de long sur trois cents mètres de large, engloutissant tout sur son passage. Les paysannes le comparent aux immenses serpents des légendes locales.

Malgré le peu d'espoir de retrouver des survivants, les secouristes et l'armée s'activent avec les faibles moyens dont ils disposent, la situation géographique ne permettant pas l'accès aux matériels de secours...

— Tulay, tu ne trouves pas cela très étrange ?

— Quoi, les pluies diluviennes, les coulées de boue ? En Chine, ça arrive quand même plusieurs fois par an, malheureusement.

— Non... Je dirais plutôt, cette espèce de similitude bizarre entre les événements que nous vivons dans les dimensions parallèles et l'actualité de ce monde-ci. La dernière fois, il y avait cet incendie qui ravageait le Midi pendant que nous étions aux prises avec un Qalkulovitch en flamme, et cette fois-ci ces paysans avalés par la terre... Il y a quelque chose qui me met mal à l'aise dans tout cela.

— Je comprends que ce soit troublant, mais si tu n'avais pas vécu ce drame de l'autre côté, je suis certaine que tu n'aurais pas fait plus attention à cet événement qu'à tous ceux que nous avons vus juste avant. Et franchement, ils n'étaient pas réjouissants !

— Oui, peut-être, il n'en demeure pas moins que ce commentaire parle de légendes locales et de serpents. C'est ça qui me trouble le plus. Comme s'il y avait des liens invisibles entre toutes ces dimensions. Après tout, nous passons bien de l'une à l'autre avec une certaine facilité...

Tulay me regarde, les yeux écarquillés ; visiblement, ma façon de ressentir les choses ne lui convient pas du tout, ou à l'inverse, sonne un peu trop juste et devient insupportable. Elle attrape la télécommande et recherche une chaîne au programme distrayant, me signifiant clairement qu'elle n'a aucune intention de me suivre dans cette réflexion. Il n'empêche qu'à présent, cette dimension que nous tenons pour stable et bien solide simplement parce que c'est là que nous avons toujours vécu, ne me semble pas plus rassurante que les autres.

La télévision ne me distrait plus du tout. Toutes ces souffrances, ces drames dont on nous abreuve à souhait me rendent malade. Je décide d'aller voir de plus près ce qui s'est passé à La Séclya pendant notre absence.

12 – *Trois en un*

Dans le couloir, je me retrouve nez à nez avec monsieur Fecha, mon premier chef d'équipe, chargé de la réalisation de mes commandes.

— Bonjour, Monsieur Grej-Holman. Enfin, vous voilà ! dit-il, visiblement soulagé de me trouver là. Je viens de votre bureau. Je voulais vous voir pour la réfection de la salle d'attente du bureau de monsieur Vandekhor.

— Oui…

— Vous avez préconisé d'accrocher aux murs « quelques œuvres d'art, de manière à stimuler l'imaginaire du personnel »… Je ne vois pas très bien à quel type d'œuvres vous faites allusion, ni à quel artiste. Voyez-vous, ce n'est pas vraiment conventionnel, comme commande.

Je ris intérieurement. Décidément, je ne m'y ferai jamais. Comme ça, pendant que je repique le riz, je m'intéresse à développer la culture générale de mes collaborateurs. Il y aurait bien du Tulay, là-dessous.

— Des œuvres modernes, bien sûr, avec des lignes et des couleurs qui invitent aux voyages ! N'oubliez pas que nous fabriquons des bagages de luxe, Monsieur Fecha.

Devant son embarras, j'ajoute :

— Allons dans mon bureau, j'ai plusieurs revues qui traitent d'art et d'artistes contemporains. Je pense qu'on a validé le budget que j'ai proposé, n'est-ce pas ?

Il acquiesce d'un signe de tête, visiblement soulagé que je prenne l'affaire en main. Je suis toujours aussi stupéfait de trouver les réponses à toutes les situations comme si j'étais effectivement à l'origine de tout ce que je fais ici pendant mon absence.

— En fait, j'ai repéré quelques digigraphies d'un artiste encore peu connu. Nous disposerons ainsi d'originaux à un prix tout à fait correct. Je ne pense pas que la comptabilité trouve cela trop onéreux, je leur ai rappelé que les œuvres d'arts présentés dans un lieu public sont déductibles des impôts. C'est un argument qui a du poids !

Monsieur Fecha approuve d'un signe de tête, même si visiblement ces considérations le dépassent.

Dans mon bureau, je trouve les revues avec les œuvres choisies déjà entourées au feutre rouge… Monsieur Fecha me quitte, catalogue en main, ravi.

Seul, je m'approche de la fenêtre et contemple ce Paris dont je me sens tellement éloigné.

C'est vraiment surprenant, j'occupe un avatar de moi-même dans une dimension aux antipodes de celle-ci, je laisse mon véritable corps inerte auprès de Tulay dans une autre dimension et je continue à travailler ici…

Mais au fait, dans quel corps suis-je, ici, quand je n'y suis pas ? Une autre forme d'avatar ? Une illusion pour le reste du personnel ou bien encore un des mystères de Firstub ? Il apparaît et disparaît sans cesse, peut-il prendre mon apparence ? C'est ce qu'il m'a laissé comprendre, la semaine dernière. Dans ce cas, il serait capable de se dédoubler, car lorsque j'ai traversé la table, la première fois, il était présent en tant que monsieur Firstub Balson dans la salle G.

Je pense qu'il est temps que Tulay et moi ayons un entretien sérieux avec lui.

13 – *Troublante réalité*

Je rejoins la salle de repos, Tulay y est en pleine conversation avec Firstub. Elle lui a fait part de mes remarques et s'est inquiétée des effets secondaires de mes voyages hors du corps.

—Justement ! Je viens de rencontrer monsieur Fecha et j'ai découvert que je n'avais pas manqué d'initiatives pendant mon absence.

Le ton de ma voix est quelque peu agressif. Il est temps que l'on m'en dise un peu plus.

Firstub prend son temps avant de répondre.

— Quels sont tes questionnements, je pressens que tu n'as pas tout à fait les mêmes préoccupations que Tulay.

Je jette un regard agacé à Tulay.

— Vous avez dit, l'autre jour, que lorsque j'étais de l'autre côté, l'un d'entre vous prenait mon apparence. Qui est moi, ici, quand je suis de l'autre côté ?

— Moi-même ou un de mes semblables.

Il a répondu sur un ton tellement naturel que je reste interdit un instant. Ce qui me surprend, ce n'est pas la réponse en soi, c'est de l'entendre énoncée comme un fait normal. C'est pour lui aussi logique que s'il m'avait remplacé lors d'un congé maladie.

— Et vous ou l'un de vos semblables occupez mon corps ?

Il rit, mais devant mes signes d'exaspération, il précise :

— Non, vous partez de l'autre côté avec vos corps respectifs, car entre l'espace où nous sommes en ce moment et celui qui se trouve de l'autre côté de la table de la salle G, il n'y a guère plus de différence qu'entre cette pièce et le couloir qui se trouve derrière la porte. Quand vous sortez d'ici, vous franchissez la porte avec votre corps, mais une partie de vous-même reste ici.

Nous le regardons sans comprendre.

— Votre odeur est le meilleur exemple. Vous ne percevez qu'une infime partie de ce que vous êtes vraiment, c'est ce qui vous empêche de comprendre ce phénomène. Quand une personne qui a une forte odeur corporelle quitte un lieu, son odeur reste présente dans cette pièce. Ceci fonctionne à d'autres niveaux, mais ce n'est pas perceptible pour vous.

Devant nos airs incrédules, il tente de nous éclairer davantage :

— Par exemple, Cédric, lorsque tu entendais ta grand-mère te parler des années après son décès, ça ne te choquait pas.

— Ça n'a rien à voir, entendre dans sa tête et être physiquement présent dans une pièce sans y être.

— Si, c'est exactement le même phénomène. La plupart du temps, quand tu communiquais avec ta grand-mère, elle était près de toi, mais tu ne pouvais pas la percevoir avec les sens dont tu disposais. C'est un concept très nouveau pour vous deux, je comprends que ce soit difficile. Dans ton cas, disons qu'il reste une essence de toi-même que nous utilisons pour matérialiser un Cédric physique parfaitement opérationnel. C'est cette partie de toi-même qui fait le lien. C'est pour cela que tu sais exactement ce que tu dois faire ou dire quand tu réintègres cet espace. Il en est de même pour Tulay.

— Vous êtes moi, pendant mon absence ! s'écrie Tulay d'un air horrifié.

Qu'un « homme » occupe son corps, même à l'état d'essence, la dérange visiblement beaucoup.

À nouveau, Firstub rit de bon cœur, ce qui exacerbe la réaction de Tulay.

Il se reprend et répond avant qu'elle ne s'emporte :

— Non, ce n'est pas moi. C'est une autre entité du même groupe que moi, qui est davantage du type féminin. Nous sommes plusieurs présents ici en ce moment, mais seulement trois d'entre nous sont visibles : monsieur Vandekhor, votre ami Tristan et moi-même.

Ça, c'est le coup de massue ! Nous restons tous les deux bouche bée, ahuris.

Puis je réalise :

— Alors Tristan, il n'est pas vrai ?

À ce moment, juste à côté de moi, Tristan se matérialise. Je bondis sur le côté, il s'en est fallu de deux doigts que je me retrouve dans les bras de Tulay. Nous avons poussé un cri en même temps.

— Tu vois bien que je suis vrai, tu m'appelles, je suis là, comme un bon génie pour te servir !

— Bon sang, vous allez me rendre complètement dingue ! Ça fait des années que tu es un faux, alors.

— Je ne suis pas un faux ! Je suis une entité incarnée dans ce corps depuis ma naissance. Je dispose juste d'un petit peu plus de possibilités que les autres humains. J'avais, entre autres, pour mission de suivre ton évolution jusqu'à ce que Firstub prenne le relais.

— Et, moi, j'ai aussi été suivie… dit Tulay d'une voix hésitante.

— Pour toi, c'était plus simple, reprend Tristan, c'est ta propre mère qui s'en est occupée.

— Maman ! (Tulay est au comble de la surprise) Maman était une extra-terrestre !… Mais alors, je ne suis pas tout à fait comme les autres ! Et papa, il était comment, papa ? Est-ce qu'il savait pour maman ?

Il est impossible de l'arrêter, elle roule des yeux en proie à une crise d'agitation extrême. Ses parents sont brutalement décédés l'année dernière, dans un accident de voiture, et je sens bien que ce sujet est encore incroyablement sensible. Cette révélation est un choc très violent.

Je tente de m'approcher pour la prendre dans mes bras, mais Firstub et Tristan ont réagi beaucoup plus vite que moi. Je constate, quelque peu anéanti, que Tristan sait aussi utiliser la puissance de son regard.

Tulay calmée, Firstub continue les explications de Tristan avec un peu plus de douceur :

— Ta maman s'est incarnée dans un corps d'enfant dès sa naissance. Rassure-toi, elle n'a tué personne pour cela, l'enfant n'aurait pas survécu à l'accouchement. Ensuite, elle a grandi et vécu normalement. Sa mission était de te mettre au monde et de veiller sur toi. Elle l'a parfaitement remplie et a vécu une vie tout à fait normale avec ton père.

— Alors, cette capacité à faire apparaître ce que je veux de l'autre côté, c'est maman qui me l'a léguée ?

— Oui, nous n'avons fait que l'activer en te suggérant de l'utiliser. Rappelez-vous, avant votre rencontre avec Lexhil, je vous avais présenté ce premier monde parallèle comme un lieu où chaque personne était confrontée à ses univers intérieurs. De ce point de vue, cette petite phrase est entrée en résonance avec ton inconscient, mais elle n'a eu aucun effet sur celui de Cédric, car il n'était pas prêt pour cela. Il a manifesté ses peurs profondes, alors que toi, tu t'es concentrée en espérant trouver une forêt accueillante sur l'autre versant.

Tulay acquiesce. Je me sens un peu minable :

— En fait, je suis un peu le seul individu banal ici. Un peu plouc, quoi !

— Un plouc qui a une belle « caudale », reprend Tulay moqueuse. Je te rappelle que tu es le seul à pouvoir abandonner ton corps endormi près de moi pour filer en douce travailler aux champs.

Firstub nous interrompt :

— Nous reprendrons cette conversation plus tard, je pense qu'il y a encore beaucoup d'autres choses qui vous tracassent. La journée est bien avancée et il est temps que nous allions en salle G voir ce que vos images mentales vont nous révéler.

14 – *Incroyablement aveugle !*

La porte de la salle G est entrouverte, Tulay la pousse tout en parlant :

— Je me demande si j'ai vraiment envie…

Sa phrase et ses gestes restent en suspens. Je lève les yeux. C'est complètement impensable… La table a disparu… Je sais qu'elle ne peut être sortie physiquement de la salle.

Firstub et Tristan nous poussent à l'intérieur et ferment rapidement la porte.

— La table nous aurait gênés, je l'ai remplacée par ces confortables fauteuils. Vous les apprécierez pendant la séance, déclare monsieur Vandekhor qui nous attendait.

— Alors, la table… elle vient de chez vous ? dis-je en me tournant vers Firstub et Tristan.

— C'est une porte, un passage artificiel que nous appelons à la demande, mais c'est Elle qui a choisi son emplacement et qui accepte ou refuse les passages.

Je comprends pourquoi la salle G est fermée quasiment tout le temps. Il doit s'y passer des choses que je ne peux même pas concevoir dans ma petite tête de Terrien normal.

Tristan a surpris ma pensée, il me sourit et déclare :

— Ne perdons pas de temps, Cédric est déjà bien fatigué.

Tout s'enchaîne assez vite ; nous prenons tous place dans les fauteuils, sauf Firstub qui se dématérialise. Instantanément, je sais qu'il est quelque part à l'intérieur de mon crâne. Un sifflement modulé et strident s'installe entre mes deux oreilles et presque aussitôt la projection commence.

Sur le mur, c'est un paysage complètement inattendu que je découvre. Mon cerveau a enregistré mon arrivée là-bas. Firstub a dû faire un arrêt sur image, car tout semble statique. Je discerne en bas, sur une surface qui semble ridiculement petite, une rangée de corps voûtés. Tout autour, des champs sont couverts d'éoliennes et, de place en place, je devine d'autres champs de travail, identiques à celui d'où je viens. Le sol se rapproche quand, devant nos yeux, juste au premier plan, passe une sorte de femme-serpent propulsée par des bras de pieuvre, aux antipodes de la sirène.

— Aah ! C'est quoi ? Je n'ai rien vu qui ressemblait à ça, là-bas !

La projection est immédiatement interrompue. Je n'ai pas seulement crié, mon corps est agité de mouvements saccadés.

— On va faire une première pause pour Cédric, déclare Tristan. (Se tournant vers moi) Comment te sens-tu ?

— J'ai pas vu ça quand j'étais là-bas, je ne me rappelle même pas de mon arrivée ! Mes souvenirs commencent quand je repiquais dans le champ. Et le monstre horrible qui est passé devant l'écran, qu'est-ce que c'était ?

Ma gorge se serre et je sens monter en moi des vagues de secousses successives et puissantes comme si l'intérieur de mon corps cherchait à sortir. Une nouvelle vague monte, plus puissante encore, et c'est le trou noir. Je me sens flotter dans un espace ultra-léger... vide... vide... vi... de.

15 – *Traître*

Après cinq jours de repos d'office au loft, nous sommes de retour. Ce petit incident a eu l'avantage de réactiver l'ascenseur-téléporteur, ce qui sied tout à fait à Tulay.

Nous pensons être attendus, mais ce n'est visiblement pas le cas. L'effervescence règne partout. Les collègues courent d'un bureau à l'autre, ne lançant qu'un vague « bonjour » au passage. J'intercepte Nicolas, le comptable, qui sort de son bureau :

— Bonjour, Nicolas, il y en a une agitation, ce matin. Que se passe-t-il ?

— Tu n'es pas au courant ? Enfin, toi, c'est normal, mais Tulay devrait le savoir ! (Se tournant vers elle) Tu devrais gagner ton bureau au plus vite. La responsable du design absente le jour où nous avons la commande du siècle, ça risque de mettre monsieur Vandekhor hors de lui !

Content de son petit effet, il nous laisse là sans attendre la moindre réponse. Tulay me glisse à l'oreille :

— Il est vraiment puant, celui-là ! Depuis que je suis arrivée ici, il n'a jamais eu un mot aimable à mon égard.

— Ce n'est pas le seul. Tu sais, ton embauche en tant que responsable de service, alors que tu es ma petite amie, est plutôt mal perçue par certains. De plus, Nicolas a toujours été très méfiant à mon égard depuis le coup des sauvegardes. Je doute qu'il y ait réellement une quelconque grosse commande. On ferait bien d'aller voir Tristan.

— Ah, il ne manque plus que vous pour une réunion d'envergure en salle G. Je préviens monsieur Vandekhor de votre arrivée, claironne

Tristan dès notre entrée dans son bureau. (Puis, beaucoup plus bas) Il y a un traître dans l'équipe, cette réunion sera une mascarade. L'officielle aura lieu dans une heure trente, chez vous.

Une réunion hors du site ! Je jette un coup d'œil à Tulay, le problème doit être sérieux. Nous nous rendons d'un pas rapide en salle G.

Toute l'équipe des responsables est là, ainsi que monsieur Vandekhor, mademoiselle Steuping et Firstub. Ils sont tous au courant de l'activité de La Séclya. Je ne vois vraiment pas qui pourrait être le traître.

La réunion est menée par monsieur Vandekhor, qui présente les divers éléments recueillis par l'analyse de mes images mentales. Je constate très vite que les informations sont tronquées. Firstub envoie le premier plan que nous avons visionné et monsieur Vandekhor explique qu'ils ont repéré plusieurs groupes de travailleurs fonctionnant par tranche d'âge. Il insiste sur le fait que les groupes vivent dans des dortoirs distincts et parle longuement du dortoir, ainsi que d'une partie des propos recueillis par mon clone. Puis il annonce à toute l'équipe que, cette fois-ci, le nouvel avatar sur lequel ils ont tous travaillé a été envoyé dans un groupe de deux ans plus jeune que celui dans lequel je me trouvais.

Monsieur Gorosian semble particulièrement inquiet :

— Cela semble très risqué, ces clones de Cédric ne semblent pas avoir les mêmes fonctions vitales que lui. Qu'adviendra-t-il s'il a des besoins terriens ?

Tristan, qui est responsable de la fabrication, prend la parole :

— Compte tenu des informations fournies par Cédric, nous avons généré un avatar qui devrait pouvoir se dispenser de tout besoin d'ordre digestif pendant une semaine, ce qui semble correspondre à un cycle d'un an chez eux. Notre objectif est d'en apprendre davantage sur la raison d'être de ces clones, de comprendre comment ils fonctionnent et à quoi servent les cultures intensives de riz.

Monsieur Vandekhor conclut :

— Le départ est fixé dès la fin de cette réunion, à moins que certains d'entre vous aient des informations complémentaires à apporter à Cédric.

Monsieur Gorosian se tourne vers moi :

— Nous ne sommes pas certains, Cédric, que vous puissiez rester là-bas plus de trois jours sans risques internes. J'ai fait de nombreux calculs, mais les données que je possède sont très incomplètes. Je suggère que vous reveniez vers Tulay au moindre doute.

— À quel type de problème pensez-vous ?

— Vous pourriez présenter des troubles psychiques, mais aussi physiques. Si votre mental montre des signes de fatigue, il ne faudra pas hésiter à revenir, car votre avatar risquerait de ne plus répondre à vos ordres internes et vous pourriez rester prisonnier d'un corps qui ne vous appartient pas et qui ne vous répondrait plus.

Firstub ajoute :

— Il est exact que nous manquons d'information concernant ta propre résistance dans ces conditions particulièrement extrêmes. Ta mission est essentielle, mais n'oublie pas que tu l'es encore plus et que cette fois-ci nous n'avons aucun moyen d'aller te secourir. Je pense maintenant qu'il est temps pour nous de vous laisser.

Ils quittent tous la salle après nous avoir chaleureusement souhaité bonne chance. Même mademoiselle Steuping s'est montrée aimable. Finalement, je vais finir par la trouver sympathique.

Lorsque nous nous retrouvons seuls avec Firstub, il change de ton.

— Vous allez passer par la table qui sera de retour dès notre départ. Vous transiterez directement chez vous. Monsieur Vandekhor, Tristan et moi-même vous y retrouverons dans quinze minutes. Ne perdez pas de temps, nous avons beaucoup d'informations à vous donner.

Sans attendre notre réponse, il quitte la salle G. Nous nous plaquons contre le mur, la table apparaît.

— Tu crois qu'il y a un autre passage dans La Séclya ? s'inquiète Tulay.

— Je ne sais pas, mais on ferait bien de se dépêcher de partir. La dernière fois, quand Qalkulovitch nous a suivis, il était passé par ici !

16 – *Nouvelle donne*

À peine cinq minutes après notre arrivée, Firstub, Tristan et monsieur Vandekhor se matérialisent. Je m'y suis habitué, mais je trouve quand même pénible cette manière de rentrer chez moi sans frapper, accompagnés de leurs fauteuils. Même s'ils sont plus confortables que mon clic-clac, c'est un peu vexant ! D'ailleurs, Tulay et moi nous installons d'office dans le clic-clac et Firstub commence :

— Suite à l'affaire Qalkulovitch, nous étions sur nos gardes, mais à présent nous sommes quasiment certains qu'il y a un traître dans notre équipe. Quelqu'un qui n'a pas hésité à supprimer Thierry.

— Que s'est-il passé ?

— Nous avions remarqué que tous nos avatars disparaissaient systématiquement dès le premier soir. Lorsque vous nous avez parlé de l'entonnoir, nous avons logiquement conclu que c'était la cause de leur disparition. Mais Tristan avait des doutes, il a donc fourni à tout le monde des informations erronées. Chacun pensait que vous étiez dans le groupe des 23 semaines et il a envoyé deux avatars en même temps. Celui que vous avez occupé dans le groupe des 25 semaines et un autre dans le groupe des 23 semaines. Logiquement, votre avatar est passé à l'entonnoir après votre départ, mais l'autre devait être encore fonctionnel pour une semaine et demie, puisqu'il n'était pas dans le groupe qui partait pour l'entonnoir. Or, il a disparu dès le premier soir, alors que toute l'équipe pensait que c'était votre enveloppe. Seuls nous trois connaissions votre réelle destination.

— Mais pourquoi ne nous avez-vous rien dit quand nous sommes revenus ?

— C'est moi qui m'en suis aperçu hier. En programmant un nouvel envoi, j'ai découvert que nous ne recevions plus de signal depuis quarante-huit heures, répond Tristan. J'ai immédiatement informé monsieur Vandekhor et nous avons monté ce stratagème. Évidemment, tu n'iras pas dans le groupe des 23 comme annoncé tout à l'heure, mais dans le groupe des 25. Tu partiras ce soir, il est inutile de t'épuiser à travailler au champ toute la journée. Tu intégreras ton avatar juste avant le départ pour le tunnel et l'entonnoir.

— Mais vous êtes fous, il n'a aucune chance d'en sortir. Il n'a même pas eu le temps de voir à quoi ça ressemble.

Monsieur Vandekhor regarde Tulay et, patiemment, lui répond :

— Pendant vos cinq jours de repos, nous avons étudié chacune des images mentales que nous a fournies Cédric, mais pas seulement. Le mental de Cédric a aussi enregistré une quantité impressionnante de données sous forme de flux nerveux. Nous avons énormément d'informations. Il nous reste six heures pour tout vous expliquer.

— Pourtant, je n'ai pas vu grand-chose, je veux dire que la vie là-bas est plutôt limitée.

— Ce que vous voyez effectivement avec le sens de la vue est infiniment minime à côté de ce que votre cerveau enregistre inconsciemment. Nous avions équipé votre avatar d'une vue panoramique inconsciente de 360° ainsi que de divers autres capteurs. Votre mental a intégré toutes ces informations, c'est cela que Firstub est allé chercher dans votre tête. Nous avons décortiqué un peu plus de dix-huit heures d'observations pas seulement visuelles, c'est une mine d'or.

Tristan continue :

— Nous avons relevé au moins deux espaces souterrains. Le premier, vous le connaissez, c'est l'endroit où les clones vont dormir. Le second est dix fois plus grand. Il se trouve à l'opposé et est sous surveillance permanente.

Je l'interromps :

— Les monstresses volantes ?

— Ce ne sont pas des monstresses pour tout le monde. Chez nous, ce sont des Ères, c'est-à-dire des femmes divines et sacrées. Elles sont normalement très douces, leur peau très fine est mate et légèrement translucide. Elles évoluent dans l'air et sont des symboles de paix, de fécondité et d'amour. Ça a été un véritable choc de les voir ainsi sur l'écran. Elles ont été dénaturées, couvertes d'une carapace métallique et sillonnent le ciel en permanence à l'affût. Nous pensons qu'une d'entre elles a été absorbée puis clonée. Apparemment, Lexhil n'a pas réussi à cloner leur bonté, à moins qu'il ne les ait transformées volontairement. Pour toi, ce seront de terribles ennemies. Leurs bras de métal sont plus puissants que des broyeurs et leurs tentacules de pieuvre leur permettent d'avancer dans l'air à plus de cent kilomètres par heure. Elles ont une acuité visuelle exceptionnelle et peuvent distinguer une fourmi à mille mètres d'altitude. Tu ne sauras jamais où elles sont, mais elles savent exactement où chaque clone doit être. Pour cette raison, et pour te protéger des vers également, tu ne tenteras rien avant d'être à l'intérieur du tunnel.

Dans ma tête, tout bouillonne. Je vois à peu près comment faire jusqu'au tunnel, mais après ?

— Une fois à l'intérieur, comment je fais pour échapper à l'entonnoir ?

— D'après tes images mentales grossies au maximum, on distingue une entrée principale qu'utilisent les clones et une petite entrée dans un renfoncement à droite. Nous espérons qu'il s'agit d'un passage technique qui te permettra d'éviter l'entonnoir et de profiter de bouches d'aération pour découvrir ce qui se passe à l'intérieur.

— Et si ce n'est pas le cas ? demande Tulay d'une voix blanche. Cédric n'a pas senti de système de ventilation dans l'autre tunnel.

— C'est précisément là que tu interviendras. C'est un très gros risque, mais tu as sans doute remarqué que tu as été capable de capter ses signaux de détresse l'autre fois. Nous pensons que tu pourras le ramener en cas d'appel. C'est sur ce point que nous voulons travailler avec vous avant le départ. Il faut que vous ayez un code mental infaillible, car nous ne savons pas si nous pourrons répéter l'expérience plusieurs fois avec un traître dans l'équipe. Nous allons faire une pause, puis nous commencerons les tests. Nous partirons une heure avant vous pour vérifier que la forêt qui vous sert de transit est sécurisée et en fermer les accès.

Tiens ! Ça ne m'était jamais venu à l'idée. Ils peuvent donc à volonté ouvrir ou fermer l'accès aux mondes parallèles. À moins qu'il ne s'agisse que de celui-ci. C'est étrange, quelque chose me dit que cet univers-là ne leur appartient pas plus que celui où se trouve mon avatar. Combien y en a-t-il d'autres encore ? Si seulement tout ceci ne pouvait être qu'un cauchemar de plus ! Comme j'aimerais me réveiller et vivre ma petite vie d'avant avec ses petits soucis… C'était cool de se faire une montagne de tout et de rien…

Une grosse boule monte dans ma gorge. Je me sens anéanti. Comment leur dire que je n'ai plus envie, que je n'ai jamais eu envie de faire tout ça ? Je sais qu'ils devinent tout ce que je ressens. C'est peut-être pour cela que j'ai l'impression de ne plus être moi-même, de ne plus être là… de ne plus… Bon sang, mais qu'est-ce qu'il se passe ? Je suis en train de partir ? Non, on dirait que je suis aspiré hors de mon corps. Mais, mais, on ne m'a rien expliqué. Attendez, attendez, je n'ai pas de consignes, pas… de… consi…

17 – *Trahi*

Chloup-plof, chloup-plof, chloup-plof…

Bon sang ! Comment suis-je revenu là ? J'ai été aspiré contre ma volonté. Les vers, oublie pas, travaille, t'arrête surtout pas. D'énormes gouttes de sueur perlent sur mon front et glissent le long de l'arête de mon nez. Je n'ose même pas m'essuyer. Ils vont me rendre complètement dingue ! Ils m'utilisent. On n'a même pas fait les tests et je n'ai pas eu le temps de voir les photos du tunnel. Merde ! J'ai fait tomber cinq plantes d'un coup… Continue, tant pis, n'arrête pas tes pieds. N'arrête surtout pas. Calme, cal… me. Respire, continue de danser mon gars. Respire, avance. Garde le rythme.

Chloup-plof, chloup-plof, chloup-plof…

Ils vont forcément voir que j'ai pas assez de plans pour repiquer jusqu'au bout comme les autres. La pieuvre-vipère aux yeux de lynx va forcément me repérer. Est-ce qu'elle communique avec les vers ? J'm'en fous de mourir, mais pas comme ça ! J'ai mal dans la poitrine, mon cœur bat à tout rompre. Si ça continue, il va jaillir et tomber à mes pieds… Je vais hurler…

— Reste tranquille, je suis là.

— … ?… Mamie ?

J'ai murmuré son nom avec une toute petite voix d'enfant. Le clone de droite a tourné mollement la tête vers moi avec une sorte d'expression d'étonnement larvé.

Je ne suis pas seul ! Mamie Line peut me joindre, même ici ! En quelques secondes à peine, je suis passé de la peur panique totale à un puissant sentiment de sécurité et de force intérieure. Mamie Line est avec moi ! Si je pouvais, je danserais de joie. Ne plus être seul au milieu de cet univers hostile et incontrôlable décuple mon courage.

— Mamie, tu peux me joindre ? Aussi loin de la Terre ?

— Tu n'as jamais quitté la Terre.

— Je n'arrive pas à le croire, c'est tellement différent, ici ! Zut, j'ai plus assez de plans.

— Continue, et fais comme si. Les Ères sont occupées sur un autre champ.

— … Celui où j'étais censé arriver ?

— Oui.

— … Mamie, c'est qui, le traître ?

— Je ne le sais pas. Je n'ai accès qu'à toi. Un canal est ouvert entre toi et moi, mais je ne peux pas communiquer avec les autres.

TUUUUUUT ! D'un geste brusque, mon corps se redresse. Grrr, cet avatar-là est plus raide que l'autre. Pourtant, il est mieux adapté, il transpire et me semble plus humain, plus vrai. Comme la dernière fois, la colonne se forme et, aussi rigide et scandée qu'un défilé de soldats, elle se dirige vers sa destinée.

Si j'ai bien compris, ce soir je file droit vers l'entonnoir !

— Mamie, tu m'entends ?… Mamie… Tu m'entends ?

C'était trop beau pour être vrai. La communication mentale, ça ne marche pas mieux que mon portable, même s'il n'y a pas besoin de batterie !

Firstub a dit que j'avais une vision inconsciente de 360°, mais il ne m'a pas dit dans quel plan. Est-ce que mon cerveau enregistre ce qu'il y a au-dessus de ma tête ? Pas sûr et, avec cet énorme chapeau chinois, il est impossible de regarder en haut discrètement. Comment savoir si les Ères sont là ? C'est complètement idiot, même si je pouvais regarder en l'air et prendre mon temps, je ne les verrais pas. Avec leur vue perçante, elles doivent surveiller de très haut et embrasser une grande superficie. C'est peut-être ça ma chance, elles peuvent voir de loin, mais peut-être pas partout en même temps.

L'entonnoir, pas moyen de me concentrer sur autre chose, j'en tremble de la tête aux pieds. L'autre jour, le clone a réussi à se cacher derrière la porte et à se glisser derrière moi sans être vu. Avec un peu, plutôt beaucoup de chance, je pourrais m'éclipser par la petite porte dont Firstub a parlé. Pourvu que je la voie. Une porte, dans un renfoncement, à droite.

Il fait une chaleur torride depuis tout à l'heure, ça doit être l'action des trois soleils. Le dernier jour, les trois soleils sont alignés. Je heurte le clone qui me précède.

— Excuse-moi.

Pas de réaction. Zut, je ne me ferai jamais à ces corps sans cervelle ! Qu'est-ce qu'il se passe ? Est-ce que cet arrêt est normal ? M'ont-ils repéré ? Il y a de l'agitation à gauche. Je tourne tout doucement la tête, le plus lentement possible, surtout ne pas me faire remarquer. Nous sommes à quelques mètres de l'immense gueule du tunnel. Rien à voir avec l'autre, cette entrée semble faire plus de dix mètres de large.

Horreur ! Il n'y a pas deux portes ; d'où je suis, j'en distingue au moins cinq ! Un courant d'air vient de derrière, je n'ai pas le temps de bouger que ce que je vois me glace le cœur. J'étouffe un cri de frayeur. Une Ère géante vient de passer près de nous, me serrant dans ses bras de métal.

Elle a détecté l'autre avatar !

J'ai un rictus intérieur. Lexhil va être déçu ; c'est une copie vide. L'Ère s'est engouffrée dans le tunnel par l'énorme porte centrale. La colonne qui s'est remise en branle s'arrête de nouveau. Cette fois-ci, trois autres Ères pénètrent dans le tunnel avec leur proie. Les pauvres bougres, il y a forcément erreur. Leurs méthodes de détection ne semblent pas très fiables. Tant mieux, ça me laissera peut-être un peu plus de marge de manœuvre.

Pourvu que les petites portes ne soient pas fermées à clé. Il faut que je tente le tout pour le tout juste avant l'entrée, avant qu'ils ne s'aperçoivent que les clones capturés sont vides. Je commence à m'écarter légèrement de la file espérant me glisser derrière la porte au passage.

Tout va très vite, mon bras heurte une masse gluante comme un poulpe, je tourne la tête et découvre une boule dix fois plus grosse qu'une tête humaine, couverte de globes oculaires et de tentacules. Elle commence à me palper partout. J'ai l'impression d'être sucé par des sangsues. Mon sang se gélifie dans mes veines, je hais tout ce qui est gluant ! Sans réfléchir, les yeux figés, empli de dégoût, je me remets dans l'axe et reprends ma marche robotique, tendu par un seul désir : qu'elle lâche ma peau !

Je m'engouffre dans le tunnel.

18 – *Les palpeuses*

À l'intérieur, la lumière est intense. Ébloui, je n'y vois rien. Je cligne des yeux le temps que mes iris s'adaptent.

Dans quel merdier suis-je tombé ? Je suis complètement coincé ! Plus moyen de fuir, il y a des boules palpeuses partout. Elles nous touchent dans tous les sens. Non, elles nous placent, nous rangent. Cette fois-ci, elles effleurent à peine ma peau, mais ce contact me tétanise. Mon cerveau est comme altéré, je ressemble à une caméra qui emmagasine l'information sans réflexions ni sentiments, du moins en surface.

Une partie de moi est restée consciente, puisque je pense. Mon avatar est devenu une prison. Je suis trop attaché à ce corps qui n'est qu'une marionnette. Réagis, Cédric ! Ce corps n'est pas toi ! Tu n'es que de l'énergie, ton véritable corps doit être resté à Paris avec Tulay. Bon sang, Tulay ! Elle doit être complètement paniquée, je suis partie sans consignes. Comment est-ce possible ? Je suis certain de ne pas avoir utilisé la caudale. Comment ont-ils réagi face à mon départ précipité ? Visiblement, Tulay ne peut plus me faire revenir, sinon elle ne m'aurait pas laissé partir comme ça. Je suis complètement seul. Il faut absolument que je trouve un moyen de m'échapper d'ici.

Devant moi, les clones sont immobiles, en ligne par dix. Des boules palpeuses plus petites passent au-dessus de la première rangée et emportent les chapeaux chinois. Un léger crissement, je lève la tête. Tant pis s'ils me repèrent ; je n'ai plus rien à perdre ! Du plafond descend une rampe sur laquelle sont accrochées dix boules translucides. Comme une gélatine, elles enveloppent chacune une tête de clone de la première rangée. Mon cœur s'arrête, mes tympans explosent : un bruit lugubre de succion envahit tout l'espace.

Une puissante décharge électrique me secoue de bas en haut. La caudale ! En une fraction de seconde, je me sens parcouru par un réseau électrique, j'emplis toute mon enveloppe corporelle. Whaou, quelle sensation ! Je viens de prendre possession de mon avatar. Je ne suis plus deux, je ne suis plus en prison dans ce corps. Il est moi, je suis moi ! Tout a été très vite.

Malheureusement, ce sentiment d'euphorie est de courte durée. Devant moi, les boules sont reparties vers le plafond, laissant des corps vides, avachis sur le sol comme de vulgaires tas de déchets. Un sifflement rotatif se met en route sur ma gauche. Dans le sol, une trappe s'est ouverte, une sorte d'aspirateur avale les corps sans vie dans un mouvement de spirale puissant : l'entonnoir !

Comme des robots, les clones avancent d'un pas. Pas moi. Je n'ai même pas le temps de réagir, une boule palpeuse m'aligne. Qu'est-ce que ça veut dire ? On dirait que j'ai récupéré mon vrai corps. Il ne réagit plus comme un robot. Je n'ai pas pris possession de l'avatar, c'est mon corps qui m'a rejoint. Est-ce que c'est possible ? Depuis combien de temps suis-je ici ? Moins que la dernière fois, donc je n'ai pas dépassé le délai de non-retour. Y en a-t-il un, d'ailleurs ? Personne n'a envisagé cette éventualité. Les questions se bousculent dans ma tête à la vitesse de la lumière. Je ne comprends rien. Sauf que je vais mourir dans quelques minutes si Tulay ne me ramène pas.

Tulay, Tulay… Rien, elle ne me capte plus. Si j'ai mon corps ici, Tulay ne peut plus me rappeler. Comment faire pour rentrer ? Une grosse boule monte dans ma gorge, les yeux me piquent. Je serre les poings. Tiens le coup, Cédric. Observe, il y a forcément une issue. C'est pas possible de mourir comme ça, siphonné par de la gélatine !

Il y en a un qui ne s'est pas écroulé sur le sol. L'entonnoir aspire les neuf autres toujours aussi lugubrement, le dixième est guidé à droite par les boules palpeuses. Il entre dans un sas en verre que je n'avais pas encore remarqué. Décidément, je suis ici pour observer et j'ai l'impression d'être aveugle. Je découvre toujours tout au dernier moment !

Avec un peu de chance, j'irai dans le sas. Je croise les doigts, même si ça ne sert à rien. Là, tout de suite, j'y crois. Je veux y croire. Mourir maintenant, ça n'a pas de sens.

Tous les clones de la rangée suivante sont aspirés. D'épaisses gouttes de sueur envahissent mon front et mes tempes. Pourquoi le clone de la deuxième rangée a-t-il été sauvé ? Je ne vois aucune différence entre lui et les autres. Plus qu'une rangée. Impossible de m'échapper, les boules palpeuses sont partout. Cette fois, il y a deux clones qui sont restés debout. Direction le sas. C'est mon tour, je n'en peux plus, j'ouvre la bouche pour hurler. La gélatine immonde a enveloppé ma tête, elle pénètre dans ma bouche, mes oreilles, mon nez… Je ne peux plus respirer… Tout se met à tourner.

Ouaaaah… une immense quantité d'air pénètre à nouveau dans mes poumons. Je suis debout… Je suis debout ! Je n'ai pas le temps de manifester ma joie, mon soulagement ; les grosses palpeuses m'entraînent vers le sas.

19 – *Prisonniers*

L'entonnoir s'est refermé, un lourd silence envahit la salle et le sas. Nous sommes là, tous les quatre, encore sous le choc de ce que nous venons de voir et de vivre.

Même si je commence à m'habituer à vivre avec moi-même, je me sens mal. Ces clones-là ne sont pas comme les autres. Ceux-là sont comme moi ! Ils semblent tout juste sortis de leur torpeur. Je n'ai pas besoin d'un miroir pour deviner que mon regard est aussi hagard que le leur. C'est encore plus effrayant que les autres clones, ils sont plus vrais que nature. Tellement réussis qu'ils adoptent les mêmes mimiques. Si je ne les avais pas vus rentrer séparément dans le sas, je penserais être face à un miroir kaléidoscopique à trois facettes. La peur se lit dans leurs yeux ; je sens la fièvre dans les miens. Je n'ose bouger, eux non plus. Nous sommes là, figés dans notre frayeur commune.

Sans un bruit, la seule partie opaque du sas commence à coulisser. Les deux clones qui lui tournaient le dos ont sursauté en même temps. Qu'est-ce qu'il vient de se passer ? J'ai été surpris à l'intérieur. Je n'ai jamais ressenti une sensation pareille ! On dirait que leur surprise était en moi. Incroyable, si ça se trouve, Firstub a fabriqué des copies plus vraies que nature comme à La Séclya quand il me remplace. Non, ici c'est impossible, ils avaient déjà du mal à envoyer un avatar alors quatre… à moins que justement ce soit cela l'information qu'ils devaient me donner avant le départ.

Encore ces monstrueuses boules ! Il y en a vraiment partout !

Des petites boules palpeuses s'approchent. Vu leur tête, les clones qui m'accompagnent ne les apprécient pas plus que moi. La même aversion se lit sur les trois visages. Les tentacules se terminent par des ventouses gluantes et baveuses. Beurk, c'est écœurant, mes poils sont hérissés rien que de les voir. La répulsion qui a traversé tout mon corps lorsque la première boule m'a remis dans le rang à l'entrée du tunnel m'envahit à nouveau.

Nous nous alignons et suivons ces gardes dans une obéissance totale. Pourvu qu'elles ne se collent pas sur nous, c'est la seule chose qui nous importe à cet instant. Le trajet n'est pas long et ne comporte aucun indice. Le couloir est en béton gris, plus lugubre encore que les couloirs d'accès au RER E, gare Haussman – Saint-Lazare. Je frissonne, les deux clones qui me précèdent aussi. Qu'est-ce que ça veut dire ? Auraient-ils atteint la perfection totale en matière de clonage au point que nous ayons les mêmes ressentis au même moment ? Si je retourne à La Séclya, Tulay aura du mal à me croire.

Le couloir tourne et nous sommes palpeusement introduits dans une salle aussi gaie que le couloir. La seule différence, c'est qu'il semble bien que ce soit là que nous allons résider. Ouf, au moins, il n'est pas encore prévu de nous massacrer.

La pièce est assez vaste, elle pourrait accueillir jusqu'à huit personnes, mais elle est équipée pour quatre, comme si notre venue était programmée. Le mobilier est sobre, quatre lits, une étagère et un espace salle de bains-toilettes digne d'une prison de luxe. On est attendus, mais pas vraiment accueillis.

— Au moins, ici on pourra se laver et il y a une bouche d'aération ! s'exclame dans un anglais parfait, avec un accent on ne peut plus typique, l'une de mes copies conformes.

Dans un anglais correct malgré mon accent parisien, je lui demande, en tendant la main :

— Êtes-vous anglais ?

— Oui, je suis, me rétorque-t-il, l'air un peu choqué que je ne l'aie pas vu de suite.

Puis en me tendant la main, il se présente :

— Cerdish Greek-Hardy.

Ma main reste suspendue dans l'espace, les deux autres écarquillent des yeux, stupéfaits. Le premier s'avance et dans un anglais parfait aux couleurs de son accent allemand, il annonce :

— Mon nom est Cedrik Graf-Hirsch.

— Cedrych Great-Heart, je suis américain.

— Cédric Grej-Holman, français.

La stupéfaction a fait place à l'incrédulité. Ils cherchent à me rendre fou. C'est pas possible que ces types aient des noms pareils ! Ils ont vraiment poussé le clonage à l'extrême !

— Je n'ose comprendre, reprend l'Anglais, vous venez de... France, vous d'Allemagne... (se tournant vers Cedrych) et vous d'Amérique. Vous étiez censés... hum... occuper un avatar de moi-même ou de... vous-même ? ajoute-t-il, hésitant.

Du délire, je dois délirer ! Le manque d'oxygène sous la cloche de gélatine a dû altérer mes neurones.

— De moi-même, bien sûr, répond l'Américain qui n'a visiblement pas encore compris.

— De moi-même, dis-je d'une voix sans timbre.

Un lourd silence s'installe. Mes jambes ne me portent plus, je m'assois sur un lit. Les trois autres se sont assis au même moment. Je suis consterné :

— J'ose à peine y croire, cette histoire de fous existerait depuis nos naissances, car je suppose que vous êtes tous nés le jour des fous, le jour de ceux qui n'acceptent pas la réalité, c'est-à-dire le 1er avril, c'est ça ?

— Oui, le 1er avril 1987, me répondent-ils dans un chœur monocorde.

— Le 1er avril, ce n'est pas seulement le jour de ceux qui n'acceptent pas la réalité, c'est aussi celui de ceux qui la voient autrement. C'est ce que l'on dit dans la tradition. Ça ne peut pas être un hasard. Cette histoire nous dépasse, mais elle semble bigrement bien construite, rajoute Cerdish d'un ton pensif et flegmatique, très british.

Tiens, sur ce plan-là, on ne se ressemble pas. Nous avons donc subi les influences locales.

— Quand je vais raconter ça à Tulay…

— Tu la connais ? m'interrompent-ils en chœur.

Bouche bée, nos regards vont de l'un à l'autre, n'osant réaliser tout ce que cela implique. C'en est trop, mon cerveau se noie dans les miasmes d'images obscures. Tulay, c'était déjà si difficile pour elle d'admettre qu'elle n'était que partiellement humaine, la voilà quadruplée ! Je voudrais hurler ma colère, mon impuissance. Qu'est-ce qu'ils en ont fait ? Elle a dû se rendre compte que mon corps n'était plus là. Si elle est retournée à La Séclya, elle est peut-être devenue un témoin gênant pour le traître…

Tout s'emmêle, mon regard croise celui de Cerdish, la même détresse se dépeint sur son visage. Cedrych et Cedrik sont dans le même état. Au moins, avoir des doubles parfaits a cet avantage qu'il n'y a pas besoin de mots pour se comprendre.

— Puisque nous sommes quatre, il va falloir nous unir pour nous sortir de là.

La lumière s'est brutalement éteinte.

— Il semblerait qu'on ne nous laisse pas le choix. Je ne sais pas pour vous, mais moi, je vais tenter de dormir. Il n'y a plus rien d'autre à faire.

À son accent, j'ai reconnu Cedrik. Que faire de plus, à part s'allonger ; il fait si noir ! Il n'y a pas la moindre fenêtre dans cette gangue de béton.

Comment demain pourrait-il être pire qu'aujourd'hui ?

20 – *Pustuleux*

Impossible de trouver le sommeil. Mon cerveau tourne à 2000 %. De toute évidence, on veut nous garder en vie. Nous ? Quelle embrouille ! Ces gars ont l'air aussi vrais que nature. Ils sont nés le même jour que moi, je parierais que c'est à la même heure… Oh ! Une copie, je suis une copie, comme eux. Ça, c'est pas possible, c'est trop fou ! Mon cœur bat la chamade. Je suis vivant, je suis pourtant bien réel. Sauf qu'eux aussi ont l'air aussi vrais que vrais. Je vais devenir dingue… Je le suis peut-être déjà !

La seule chose qui semble certaine, c'est qu'un ou plusieurs malades nous manipulent depuis plus de vingt-cinq ans. Même Tulay est clonée. Pourtant, d'après Firstub et Tristan, sa mère était des leurs et sa venue sur Terre était programmée. Ça voudrait dire que tout ceci est prévu depuis plus d'un demi-siècle ! Est-ce que je peux croire ça ? Est-ce que je peux encore leur faire confiance ? Tristan m'a menti depuis le début, il a dupé papa. En qui avoir confiance ?

Je me sens immensément seul et petit. Misérablement petit. Seul… ?

Les autres bougent beaucoup, nous devons tous être dans le même état d'angoisse et d'incertitude. J'aimerais leur demander leur avis, mais l'obscurité m'oppresse. J'ai l'impression d'avoir été dépossédé de moi-même. Je ne sais plus qui je suis. Le sentiment d'être vide au fond de moi s'installe. Est-ce que j'existe vraiment ?

/

Une violente lumière m'éblouit. Je cligne des yeux, où suis-je ?

— Qu'est-ce que c'est ? crie une voix en anglais à ma droite.

Ma vue s'adapte. Non… ce n'est pas un rêve. Je suis toujours prisonnier de ce blockhaus ! J'ai dû finir par m'endormir et apparemment les autres aussi. La journée d'hier a été si chargée en émotions fortes que ces quelques heures de sommeil ne semblent pas avoir été très réparatrices. Je suis vidé autant physiquement que psychiquement. Je me redresse sans réel entrain. Beurk, nous avons dormi avec ces vêtements grossiers et rugueux. Ça me pique et ça me dévore partout. Je me gratte comme un sauvage. C'est pire. Le tissu arrache ma peau plus sûrement qu'une râpe de menuisier. Sur une table qui n'était pas là hier, quatre bols de riz et quatre verres d'eau nous attendent. Au moins, je sais à quoi servent les champs de riz. C'est un petit pas, mais c'est toujours un pas positif parce que, pour ce qui est du reste, je suis plutôt dans le brouillard.

Je réalise que je ou nous n'avons rien mangé depuis hier midi. Le riz nature, ce n'est pas ce que je préfère au petit-déjeuner, mais je suppose qu'ils n'ont rien d'autre à proposer. Et puis, mieux vaut du riz qu'une gélatine chimique quelconque. Ils sont capables de me cloner, ils pourraient fabriquer n'importe quoi ! Au moins, le riz, je l'ai planté, il a poussé naturellement. Enfin, j'espère.

Sans commentaires, nous dévorons ce repas frugal.

— J'ai beaucoup réfléchi, commence Cerdish, je suppose ne pas me tromper en disant que nous venons tous de La Séclya, que nous avons tous été formés par Firstub et que nous sommes tous arrivés ici parce que personne d'autre ne pouvait le faire. C'est bien cela ?

L'absence de réponse est significative.

— Dans ce cas, dis-je, la question cruciale pour nous devient : était-il prévu que nous perdions tout contact avec eux ?

— Je pense que nous n'allons pas tarder à le savoir, je doute que notre hôte nous héberge sans raison, répond amèrement Cedrik. J'ai du mal à accepter tout cela, je ne sais plus si je suis vraiment un être humain ou une machine.

Sur ces mots, il se dirige vers la salle de bains, nous laissant là, en plein désarroi face à la réalité crue qu'il vient d'énoncer. Je me demande d'ailleurs quelle est la vraie définition du mot humain. Nous avons tous un corps, un mode de fonctionnement et un passé fait de sentiments, d'émotions... et de tout un arsenal d'éléments qui pour moi représentaient le sens du mot humain. Pourtant, nous faisons visiblement partie d'un vaste programme lancé bien avant nos naissances.

C'est à mon tour de me laver. La salle de bains n'étant pas plus joyeusement aménagée que le reste, je ne compte pas m'y éterniser. Vraiment heureux de quitter cet accoutrement, je m'active.

Argh ! J'ai fait un bond en arrière. Qu'est-ce que c'est que ces horreurs ? Mes avant-bras sont criblés de pustules suppurantes d'environ deux centimètres de diamètre.

— Aaaaahhh !

Affolé, je sors de la salle de bains dans le plus simple appareil. Les autres me regardent, surpris, dégoûtés, puis ils m'entourent, intrigués.

— Ce doit être les palpeuses qui t'ont fait ça, déclare Cedrych. J'espère qu'elles ne t'ont pas transmis une cochonnerie !

Je me précipite sous la douche ; le contact de l'eau est particulièrement douloureux à ces endroits. Anéanti, sale et contaminé, je me sens misérable. Je me tamponne avec la serviette, puis je la jette loin de moi. Un haut-le-cœur soulève ma poitrine... je me dégoûte ! Je ne peux plus rester seul avec ça. Je sors. Cedrik me montre une pile de vêtements propres.

— Ils étaient dans l'armoire, tous identiques bien sûr, dit-il d'une voix lasse. Comment te sens-tu ?

Sans un mot, j'enfile cette tenue sommaire composée d'un simple tee-shirt et d'un short-slip. Ma peau purulente reste à nu. Je suis à cran, des larmes coulent lentement sur mes joues. Qu'est-ce qu'elles m'ont fait ? Paralysé, je reste planté au milieu de la pièce. Pleurer me soulage un peu... si peu...

Les autres sont là, à me regarder, ne sachant que faire. Leurs expressions oscillent entre la répulsion et la compassion.

/

La porte s'ouvre, deux grosses palpeuses avancent vers nous. Instinctivement, mes trois colocataires font barrière pour me protéger. Les palpeuses ont un mouvement de recul, les gros yeux globuleux avancent et reculent alternativement comme des objectifs d'appareils photo qui n'arriveraient pas à faire le point. Finalement, elles se placent de part et d'autre de la sortie, nous signifiant ainsi que nous sommes attendus. Lisent-elles aussi dans nos pensées ?

21 – *Qui croire ?*

Une palpeuse devant, l'autre en serre-file, nous avançons en file indienne dans un couloir qui semble s'enfoncer vers les profondeurs de la Terre. Pas de danger que l'on s'échappe. Il n'y a pas d'issue et la vue de mon corps a calmé toute velléité chez mes homologues. Je suis touché par la compassion de Cedrych, qui s'est placé derrière moi, me protégeant ainsi des tentacules de la boule qui ferme la marche. Est-ce la situation qui nous rend si solidaires ou notre invraisemblable ressemblance qui nous oblige à soutenir l'autre comme nous-mêmes ?

Après avoir parcouru un labyrinthe de couloirs, nous pénétrons dans une salle complètement démentielle dans ce lieu. Elle est en forme de cloche. Comment une voûte aussi grande peut-elle résister à la pression de tout ce qui doit être au-dessus ? Je ne vois aucun pilier. Nous sommes conduits vers les quatre fauteuils placés au centre. À peine assis, les fauteuils s'allongent et la projection commence. Je constate pour la première fois de ma vie que je n'ai même pas eu le temps de penser. Mon cerveau est dépassé, il se contente de recevoir et n'analyse plus rien. Par contre, j'ai parfaitement senti, sans avoir eu le temps de réagir, les sangles qui se sont refermées sur mes poignets, mes chevilles et ma taille. Cedrik lâche un juron en allemand.

Sur l'écran apparaît à nouveau un clone qui semble de vingt ans notre aîné. Aucun de nous ne réagit. On se lasse à force de se voir partout !

— *Si j'en ressors vivant, je ferai enlever tous les miroirs de l'appartement.*

Je souris malgré moi, ils ne m'ont pas encore détruit, je suis toujours capable d'avoir des pensées saugrenues ! Une sorte de vague de joie me traverse ; malgré tout ce harcèlement, je suis resté moi. Je suis resté humain. Ça fait tellement de bien de penser au retour, même de cette façon !

C'est à ce moment-là que nous avons compris que nous communiquions tous les quatre par la pensée. Dans ma tête, Cerdish a répondu :

— *C'est sûr, je ferai pareil chez moi.*

— *Les Français, toujours aussi incorrigibles*, a ajouté Cedrych.

Je me sens incroyablement mieux. Une vague de chaleur apaisante diffuse à travers tout mon corps. Nous ne sommes pas seulement identiques, nous sommes reliés !

Je n'ai pas le temps de me réjouir davantage, à l'écran, l'autre a commencé sur un ton faussement mielleux :

— Bonjour, je suis votre hôte : Phodat Lexhil. On se connaît… je crois. Je suis désolé pour vous, Cédric, mes palpeuses sont parfois quelque peu… collantes. (Il rit lugubrement) Ne vous inquiétez pas, cela disparaîtra d'ici quelques jours. En attendant, vous allez assister à ce qu'il se passe en ce moment au siège social de La Séclya à New York. Ouvrez bien vos yeux et vos oreilles, vous allez adorer !

Odieux, ce salopard est odieux. Je me contorsionne sans parvenir à me libérer. Il a poussé le vice jusqu'à prendre notre apparence pour s'adresser à nous. C'est absolument insupportable d'imaginer qu'il occupe une enveloppe corporelle composée de nos gènes.

Sur l'écran apparaît la salle G, vue d'en haut.

— *Ben, c'est pas à New York, c'est à Berlin.*

— *Non, je reconnais, c'est à Londres.*

— *Bon sang, il y a la même salle G partout !*

La réunion qui se déroule sous nos yeux est plutôt houleuse. L'atmosphère est tendue. Fait exceptionnel – à ma connaissance – il n'y a que trois participants.

— Nous avons perdu Cédric, Cedrik, Cerdish et Cedrych, annonce monsieur Vandekhor. Ils sont tous les quatre entrés dans le tunnel et nous n'avons plus aucun signal.

— On ne les a pas assez préparés, pourquoi avoir précipité le départ ? Et Tulay ? demande Firstub, très préoccupé.

— Disparue, répond sinistrement Tristan.

— Vous êtes certain ? Elle ne peut pas être sortie de notre zone, on aurait reçu le signal et elle ne peut pas se rendre seule là-bas. Vous devriez vérifier, rétorque Firstub.

— J'ai vérifié. C'est justement ça le problème. Elle n'est pas de l'autre côté. Parolaÿ – la robe sans tête – est sa seule porte de sortie et elle ne l'a pas contactée. Je me suis rendu moi-même de l'autre côté pour vérifier, elle n'est nulle part. Quand tout est déprogrammé, c'est lamentablement vide ! La deuxième mauvaise nouvelle, c'est qu'elles ont disparu toutes les quatre.

Un lourd silence s'installe dans la salle.

— Il ne reste qu'une seule possibilité : le traître les a fait passer dans l'univers de Lexhil.

— Si c'est le cas, nous sommes perdus… et la Terre aussi, reprend Firstub. Où en sommes-nous au niveau terrestre ? Limitez-vous au plus important, s'il vous plaît.

Je ne l'ai jamais vu aussi grave, fermé et froidement autoritaire.

— Les inondations en Corée du Nord ont fait cent soixante-neuf morts et quatre cents disparus. À Manille, on compte quatorze morts et de nombreux dégâts. La Chine est menacée par deux typhons alors qu'elle n'est pas encore remise des inondations et glissements de terrain de fin juillet. L'activité volcanique est très forte, mais les humains ne sont pas menacés pour l'instant. Le virus Ebola s'est réveillé en Ouganda, le choléra menace la Guinée et les contaminations par V.I.H ont doublé. Le typhon Saola menace Taïwan. Le front des tornades est plus calme, si l'on peut dire.

— Nous ne disposons d'aucun moyen de mettre toutes les populations en sécurité. Débrouillez-vous comme vous pouvez, nous devons les récupérer tous sinon tout va se précipiter.

La projection s'arrête et Lexhil réapparaît.

— Pathétique, n'est-ce pas ? Ces minables croient tout diriger.

Il éclate d'un rire sarcastique qui résonne sous la voûte.

— *Machiavélique !* explose Cedrych.

— Ce ne sont que des minables. C'est Moi qui vous ai fait venir jusqu'ici ! Personne ne peut pénétrer dans cet univers sans Mon accord. Ils ont essayé, mais je suppose qu'ils ne se sont pas vantés de leurs échecs ! (Son rire suffisant résonne à nouveau) Leurs avatars étaient tellement imparfaits que j'ai dû intervenir pour que vous puissiez venir jusqu'à Moi.

— *J'ai l'impression qu'il ne sait pas, pour la caudale, qu'en pensez-vous ?* demande Cerdish.

— *Laissons-le parler, il exulte de pouvoir étaler toute sa puissance. Il va peut-être nous dire où est Tulay, enfin Tulays…* suggère Cedrych.

— *C'est juste, mais moi ça me fait mal de voir mon visage aussi hideusement déformé par la haine.*

J'ai les mains moites. Ce rictus fait écho aux pustules qui couvrent mon corps. Je me sens sale dedans !

— Vous serez mes messagers et je suis certain que vous allez mettre tout votre cœur à l'ouvrage.

Il rit plus cyniquement encore, jubile par anticipation.

L'accent de Cedrik explose dans ma tête.

— *Qu'est-ce qu'il a manigancé, ce salopard ?*

Je n'ai pas le temps de réagir à sa remarque que quatre Tulays identiques, terrorisées, apparaissent à l'écran, couvertes de pustules.

— La pourriture, l'ordure, le salaud…

Nous avons tous explosé en même temps, incapables de nous

contrôler. Je ne sais pas ce que nous aurions pu faire sans les sangles, mais nous sommes déchaînés, emportés par la révolte.

L'écran est à nouveau noir. Sa voix résonne.

— Vous aurez de leurs nouvelles lorsque vous serez revenus à la raison.

Dans le noir de la salle, son rire explose mes tympans, semble s'immiscer par tous les pores de ma peau. Je suis vidé, anéanti, complètement pétrifié… Tulay, je veux bien être couvert de pustules pour elle. C'est pas possible, pas elle, pas ces horreurs sur sa peau fine et nacrée. Des vagues de rage affluent. Je donnerais ma vie pour elle et je suis là, ficelé comme un saucisson, incapable de la protéger. Minable.

En cascade, les souvenirs surgissent dans ma mémoire. Son rire cristallin lorsque nous nous promenons au parc des Tuileries. Sa moue boudeuse quand je rechigne à la suivre pendant des heures dans les magasins. Ses petits-déjeuners préparés avec tant d'amour. Ses colères qui font pétiller ses yeux de mille étincelles.

Tulay couverte de pustules ! Un haut-le-cœur soulève ma poitrine. Je voudrais vomir toute cette infamie. Je me tourne, traversé par une nouvelle secousse de répugnance et d'impuissance mêlées. Mes sangles sont détachées, je ne m'en suis même pas aperçu ! Les autres semblent être aussi passés de l'anéantissement à une sourde douleur qui tiraille les entrailles. Leur souffrance se mêle à la mienne. Nous sautons sur nos pieds, quand la voix de Cerdish retentit dans nos têtes :

— *Stop, calmez-vous, il y a huit palpeuses derrière nous.*

— *L'ordure*, marmonne Cedrik.

— *Si nous voulons aider nos Tulays, il va falloir nous calmer. Il faut qu'il nous croie inoffensifs*, reprend Cerdish.

Nous nous laissons reconduire dans ce qui est maintenant clairement notre cellule, tentant de maîtriser la colère sourde qui nous broie jusqu'à la moelle.

22 – *Communication mentale*

Nous nous écroulons sur nos lits respectifs, épuisés. Le temps s'écoule, vide de sens. Je suis tiré de ma léthargie par l'accent allemand très prononcé de Cedrik.

— *Je refuse d'accepter comme ça sans réagir, et vous ?*

Un silence plane dans nos têtes. Cedrik reprend :

— *Vous m'entendez ? Je refuse, personne n'a le droit de torturer Tulay, jamais !*

— *J'ai bien entendu,* répond Cerdish avec son accent typiquement anglais, *je suis d'accord avec toi, mais pourquoi communiques-tu mentalement ?*

— *Pour tester comment ça fonctionne. Ça fait une heure au moins qu'on est là, avachis comme des grosses limaces, vidés de toute substance et pourtant, je n'entends pas vos pensées. Dans la salle de projection, on s'entendait très bien, sans ouvrir la bouche. Je ne peux pas croire que vous restiez une heure sans penser, après ça. Moi, c'est une vraie tempête qu'il vient d'y avoir dans ma cervelle !... Je crois bien que pour que vous entendiez ce que je vous dis, il faut que je le veuille.*

— *Excuse-moi, j'ai pas compris. Qu'est-ce que tu veux ?*

Cedrych vient de sortir de ses brumes new-yorkaises.

— *Ben, communiquer sans parler, évidemment ! Et ce n'est possible que si on veut que les autres nous entendent. Il faut avoir « la volonté ». En clair, il faut orienter nos pensées vers les trois autres pour qu'ils puissent capter. Tu captes ?*

Je réagis à mon tour :

— *J'avais pas réalisé ça. On va pouvoir communiquer sans qu'il le sache. Mieux, on pourra diffuser de fausses informations à haute voix, parce que je suis certain qu'il écoute tout ce que l'on dit.*

C'est excellent, nous sommes semblables et tellement différents. J'ajoute :

— *C'est vraiment une excellente idée. Cedrik, je suis d'accord avec toi, nous devons tout tenter pour Tulay. Elle est arrivée à La Séclya de Paris après les incidents de Qalkulovitch et des hyènes. C'est à cause de moi, si elle est là aujourd'hui.*

— *Stop, t'es en train de nous dire que Qalkulovitch, tu le connais. Tu es venu à Londres ?*

— *Ouf, c'est pas possible ! On aurait vécu tous exactement le même parcours ! Qalkulovitch, c'était le responsable de la comptabilité de La Séclya de Paris. Vu ta réaction, je comprends que tu as aussi un Qalkulovitch à Londres et que tu as rencontré les hyènes. Je ne me trompe pas si je suppose que vous aviez tous un Qalkulovitch dans votre antenne de La Séclya ?*

La réaction est si forte que je m'attrape la tête à deux mains.

— *Oh, criez pas si fort ! Ça va exploser là-dedans ! Je propose de retracer tous les événements depuis que Tristan m'a parlé d'un poste à La Séclya. Si quelque chose est différent chez vous, vous m'interrompez. Ce sera moins cacophonique.*

— *OK, ça marche*, répond l'américain beaucoup plus modérément.

J'ai tout repris dans les moindres détails. Y compris mes cauchemars d'enfant, tous les épisodes que Tulay et moi avons vécus ensemble. Ils ne m'ont jamais interrompu.

Le récit terminé, Cerdish prend la parole, mentale évidemment :

— *Au moins, c'est clair, il ne peut pas y avoir de secrets entre nous. Je pense que c'est un énorme atout, surtout qu'il semblerait que nous réagissions systématiquement de la même façon face aux problèmes que nous rencontrons. On peut avoir une force de frappe énorme. Je propose qu'on donne le change. Faisons croire à Lexhil que nous sommes anéantis, pour l'amener à se dévoiler et obtenir ainsi un maximum d'informations. Il réussit à espionner La Séclya, donc je pense qu'il nous surveille en permanence, c'est facile, nous sommes chez lui.*

Ce qui est impressionnant, c'est que nous n'avons aucun mal à savoir lequel d'entre nous pense, nos accents sont véhiculés avec nos pensées.

— *Le premier point à découvrir*, ajoute Cedrych de son phrasé américain, *c'est où sont nos Tulays. Sont-elles ici ? Je veux dire, dans le même souterrain que nous ?*

L'Allemand reprend :

— *Pas sûr que ce soient elles, il peut les avoir clonées. Malgré tout, si vous vous souvenez, notre entrée dans le tunnel a été interrompue par quatre Ères qui transportaient des clones de nous. Il se pourrait que ce soient les corps d'emprunt qu'elles aient utilisés.*

— *C'est possible, ça. Après tout, elles font un peu partie de leur peuple et elles manipulaient très bien la pensée créatrice quand nous étions chez Firstub. Elles ont peut-être réussi à venir ici*, dis-je.

— *En attendant, elles sont là. Donc, le mieux, c'est de découvrir quelles sont les limites de Lexhil. Je repense à une chose, mamie Line nous a tous calmés à notre arrivée ici. Peut-être qu'il serait possible de la contacter en associant nos quatre cerveaux.*

— *Excellente idée, Cédric, essayons maintenant.*

Nos tentatives sont infructueuses. Nous devons être beaucoup trop loin sous terre, même si ça n'a pas de sens pour de la transmission mentale.

Notre inactivité totale a dû intriguer Lexhil ; deux jeunes clones portant des bonnets rouges nous apportent des plateaux de riz.

— *J'ai bien l'impression qu'on va faire un petit régime féculent*, annonce Cedrych, morose.

Nous mangeons sans enthousiasme. Les clones restent là, le regard figé. Ils ont entre 10 et 15 ans, leurs visages sont inexpressifs. Cerdish tente de capter leur attention :

— *Eh ! Mon bonhomme ! Qu'est-ce qui est prévu après le repas ?*

Aucune réaction, ils n'ont même pas cligné des paupières. Ça me fait froid dans le dos. Ils ont l'air très docile, pourtant quelque chose d'imperceptible me conseille de ne pas trop insister.

— *Pas loquaces, les petits grooms ! Il vaut peut-être mieux les laisser tranquilles, on n'obtiendra rien d'eux.*

Nos plateaux à peine terminés, ils desservent et disparaissent sans nous avoir jeté le moindre regard. Les palpeuses arrivent à leur tour.

Cedrik semble revigoré :

— *Fini le repos, l'aventure commence ! Ouvrez grandes vos oreilles, Lexhil semble particulièrement narcissique. Si nous sommes malins, nous pourrons en apprendre beaucoup et j'espère trouver un moyen de délivrer nos Tulays.*

— *N'oubliez pas, essayons d'être anéantis, voir admiratifs, si possible,* rappelle Cerdish.

23 – *La salle de production*

Nous empruntons à nouveau un dédale labyrinthique de couloirs tous identiques les uns aux autres, pour arriver dans une salle circulaire tapissée d'écrans. Pas de siège au centre, c'est sur les murs que ça se passe. Lexhil apparaît sur le premier écran.

— Je ne vous sens pas très en forme. Pourtant, je ne vous apprends rien si je vous dis que j'aurais pu vous faire disparaître dès votre premier voyage ici. Vous devriez être plutôt satisfaits de votre situation. Même si ce n'est pas un hôtel cinq étoiles, vous ne manquerez de rien tant que vous me serez utiles.

— *Un bon point, il a besoin de nous*, pense Cerdish.

— Si vous me permettez d'oser vous interrompre, comment pouvons-nous vous être utiles ? Vous disposez de nombreux personnages qui nous sont en tout point semblables.

— Vous êtes bien naïf, Monsieur Greek-Hardy. Vous avez avalé toutes les histoires doucereusement abjectes dont Balson vous a bercés. Vous êtes ici pour découvrir la splendeur de ce que Je suis. Et quand vous et vos trois compères aurez tout assimilé, il ne vous restera qu'une chose à faire, me servir ou mourir. Voyons voir, vous pourriez être aspirés par mes délicieuses palpeuses, dévorés par mes adorables angelots, à moins que je ne vous confie à mes charmants petits vers ou, suprême délice, que je vous offre en dessert aux Ères.

Je me contiens pour ne pas répondre, mais ne peux m'empêcher de grimacer en regardant mes bras pustuleux. D'un ton sarcastique, il continue :

— Je vois, Monsieur Grej-Holman, que vous n'avez vraiment pas apprécié les caresses de mes palpeuses. (Puis, durcissant la voix) Ne vous y trompez pas, il ne s'agissait que d'une petite démonstration pour vous remettre dans le rang. Osez donc les provoquer et je vous promets des souffrances bien au-delà de tout ce que vous pourriez imaginer.

La répulsion me prend à la gorge.

— *Très bien, il pense que je suis faible et il n'entend pas nos conversations internes ; encore deux atouts.*

— Avant de vous proposer un petit marché, j'aimerais vous aider dans votre réflexion. J'ai constaté avec plaisir que vous aviez fait quelques rapprochements : au-delà de votre apparence, vos noms sont très proches et vos dates de naissance identiques. Autant de points que Vandekhor et sa bande gardaient jalousement secrets… (Il ménage son effet et reprend) C'est désagréable de découvrir que nos amis nous ont trahis, n'est-ce pas ?

Son rire méchant résonne dans mes cellules comme s'il venait de l'intérieur de mon corps.

— *Quelle ordure ! Je vous l'avais dit, il nous espionne depuis le début !* explose Cedrik.

— *Avez-vous eu cette horrible impression d'être lui, quand il a ri ?*

Ma pensée reflète mon état de panique.

Deux petits « oui » à peine pensés parviennent à mon cerveau. Cerdish et Cedrych semblent être aussi ébranlés que moi.

— *Eh ! C'est pas le moment de flancher, ressaisissez-vous ! Concentrons-nous pour lui fermer l'accès à nos cerveaux. Ça doit être possible, si on peut choisir à qui l'on s'adresse, on doit pouvoir choisir quelle pensée on accepte de recevoir.*

— *C'était pas une pensée, Cedrik, on a eu la sensation que c'était nous qui riions et pas seulement lui. Tu n'as pas ressenti cela ?*

— *Si, c'est pour cela que je pense que c'est une ordure. Je ne sais pas comment c'est possible, mais… !*

Nous n'avons pas le temps d'y réfléchir davantage, Lexhil ajoute :

— Maintenant, regardez bien, vous comprendrez enfin qui vous êtes.

Le deuxième écran s'anime et nous voyons apparaître une salle qui semble assez vaste. La caméra doit être fixée au plafond, on a vraiment l'impression d'embrasser la pièce dans sa totalité. Ce grand hall est rempli de gigantesques boules d'aspect laiteux en lévitation, immobiles dans l'espace. Sur toute la surface des deux boules les plus proches de la caméra, je distingue des diverticules translucides et mous.

— Génial, n'est-ce pas ?

— *Qu'est-ce que c'est ?* demande Cedrik en allemand.

— *Pas la moindre idée, mais j'ai un très mauvais pressentiment, elles font au moins dix mètres de diamètre,* répond Cerdish.

— Vous ne comprenez donc pas ! reprend Lexhil, visiblement irrité de notre silence.

Il zoome sur la première boule. À l'intérieur, je perçois des cheveux ou plutôt des filaments enchevêtrés qui semblent se multiplier à une vitesse hallucinante.

Presque tous les écrans s'allument. Sur chacun apparaît une des boules de la salle en gros plan. Nous pivotons sur nous-mêmes à mesure que nous intégrons ce que nous voyons.

Des utérus ! Des utérus capables de générer au moins une centaine de fœtus chacun. Je suis complètement ahuri par ce que je découvre. Chaque écran m'entraîne de plus en plus loin dans la folie démoniaque de Lexhil.

Spontanément, nous nous sommes rapprochés les uns des autres. Le dernier écran ressemble à une hallucination démentielle. De chaque diverticule sort un « bébé » avec une tête en tout point semblable aux nôtres.

— *Bon sang ! C'est monstrueux, ces bébés ont des visages d'enfants d'au moins dix ans !* s'exclame Cerdish.

— *Une usine à clones de nous... mais qu'est-ce qu'il fait de cette armée de monstres ?* répond Cedrik.

Cedrych décide de flatter Lexhil :

— Incroyable, mais comment réussissez-vous à générer autant de clones ? Je suppose que votre génie ne s'arrête pas seulement à la gestation.

Lexhil exulte :

— Génial, n'est-ce pas ! Je suis le seul génie dans tout l'univers capable de reproduire à l'infini un être humain à partir de son ADN. Une armée d'humains codés en fonction de mes besoins ! Ils ont tous exactement ce qui leur sera utile et rien de superflu. Comme vous l'avez déjà découvert, j'ai également modifié leur rythme de croissance. Je peux disposer d'une armée de mangeurs d'hommes en dix semaines.

Il fait une pause pour ménager son effet.

— *Mangeurs d'hommes, nous y voilà. C'est pas le moment de faire un impair*, conseille Cedrych.

Le dernier écran s'illumine à son tour. Dans une salle grise et impersonnelle, totalement semblable aux autres, une vingtaine de petits clones à bonnets rouges attendent, docilement assis. Je frissonne. C'est lugubre.

— *Ils ont l'air encore plus lobotomisés que les travailleurs des champs*, constate Cedrych.

— *On se croirait dans un centre psychiatrique, ces pauvres créatures ont l'air atone*, ajoute Cedrik.

Un bruit sourd accompagne l'ouverture d'une trappe dans le plafond. Un tuyau apparaît et déverse à même le sol une masse sanguinolente de chair, os et tissus mélangés.

— L'extrémité de l'entonnoir !

Je ne réalise même pas que j'ai parlé à haute voix. Ce qui se déroule alors devant mes yeux me pétrifie. Sans transition, les clones se sont animés d'une rage folle, se ruant sur la chair humaine. Ils l'attrapent à pleines mains et l'ingurgitent comme des ogres, dévoilant deux énormes crocs à l'avant de leur forte mâchoire. L'image des hyènes en furie se superpose. Avant même que nous ayons eu le temps de réagir, le sol est nettoyé du tas de chair qui l'avait souillé. Comme des animaux sauvages, ils se lèchent le visage et reprennent leur attente passive, les yeux vides.

— *Pire que des hyènes, vous avez vu ça, la chair, les os, les vêtements. Il ne reste rien...*

Personne ne me répond. Lexhil délivre son venin :

— Ils sont comme vous quatre, entièrement programmés. Des clones sans âme, manipulables à souhait. Firstub et Barzok ne sont pas capables de créer des armées entières, mais quatre spécimens pour me combattre sans risquer leur propre vie, c'est bien tenté. Vous n'êtes que de la chair qu'ils reprogramment à volonté, d'un simple regard. Les minables, il leur faut vingt-cinq ans pour réaliser quatre pantins sans envergure. Regardez-vous, vos vies, vos sentiments sont totalement identiques. Vous croyez choisir, mais pas une once d'humanité n'existe en vous. Vous n'êtes rien d'autre que des robots très sophistiqués. Une simple petite modification de votre ADN et vous seriez semblables en tout point à mes angelots.

Une chape de plomb s'est abattue sur nous. Son venin circule dans chacune de nos cellules. Nous sommes incapables de nous défendre, il frappe précisément là où ça fait le plus mal.

— Cette bande de minables croit tout maîtriser. Ils tentent de récupérer leurs quatre petits jouets. Je vais leur donner satisfaction ! Je vais vous renvoyer dans votre dimension pour que vous leur racontiez ce que vous avez vu ici, qu'ils mesurent ma puissance et ma grandeur. J'ai créé une armée de clones sanguinaires, exclusivement nourris de chair humaine, et particulièrement doux en apparence : mes angelots. Plus personne n'aura assez de puissance pour m'empêcher d'envahir la Terre. Les humains sont tellement naïfs qu'ils ne verront rien venir.

Son rire machiavélique emplit la salle, nos têtes et nos corps, comme une vermine, s'insinuant dans le moindre interstice.

— Quand je posséderai tous les codes génétiques humains, je deviendrai le maître du monde et je ferai de vous mes quatre généraux. Que vous le vouliez ou non, vous m'obéirez !

Les écrans s'éteignent. Dans le noir total, sa voix prend une dimension jamais atteinte. Je ne sais plus si ce sont mes oreilles qui captent les sons ou s'ils sont directement incrustés dans ce qui me sert de cerveau.

— Dans moins d'une heure, vous serez tous de retour chez vous, légèrement modifiés bien sûr... et je garde vos charmantes petites amies, j'ai quelques modifications à apporter à ce prototype féminin. Bien entendu, s'il vous prenait l'envie de me contrarier, mes charmantes palpeuses s'occuperaient d'elles. Elles en ont une peur hystérique, depuis leur dernière entrevue.

Je serre les poings de rage, tentant de me contrôler au maximum pour garder un apparent désintérêt.

Une odeur fétide envahit la pièce et monopolise tous mes sens. Trois palpeuses plus abjectes encore que les autres passent devant nous. À travers leur enveloppe translucide, je devine un macérât de pus ou de venin. L'odeur pestilentielle est aussi efficace que la vue.

— Un seul contact avec les ventouses de ces petites merveilles et vous mourrez dans d'affreuses souffrances.

— *Tulay n'y survivra pas*, enrage Cedrik les poings et les dents serrés.

— *Il faut absolument nous contrôler jusqu'au bout, nous ne pouvons rien faire seuls, nous ne savons même pas où il les garde.*

— *Tu as malheureusement raison, Cedrych. De ma vie, je ne me suis jamais senti aussi minable.*

— Vraiment des copies sans envergure, votre inertie fait pitié. Il faudra que je vous améliore la prochaine fois. Si c'est ça leur seule arme, le combat va être déprimant !

— *On a au moins gagné ça, il va nous faire revenir et il nous croit sans capacités propres*, déclare Cerdish avec espoir.

Nous suivons les palpeuses tels des automates, bien décidés à jouer ce rôle jusqu'au bout et surtout bien attentifs à maintenir une distance respectable entre leurs ventouses et notre peau.

Je ne peux me résoudre à cette solution.

— *Je ne veux pas partir sans Tulay.*

— *Aucun de nous ne veut partir sans elles, mais si nous tentons quoi que ce soit maintenant, nous risquons le pire pour elles. Si nous pouvons rentrer, Firstub pourra voir le film dans nos têtes et nous aider*, répond Cedrik cherchant surtout à se convaincre lui-même.

— *J'espère qu'ils sont réellement honnêtes avec nous. Ça me gêne qu'ils ne nous aient jamais dit que nous étions quatre*, dis-je inquiet.

Cerdish tente de me rassurer :

— *Moi aussi, ça me gêne, mais je me demande si ça ne fait pas partie de leur plan. C'était évident qu'à un moment ou un autre on allait se rencontrer. Vous ne pensez pas ?*

— *Oui, tu as probablement raison. On se serait peut-être trompé d'homologues dans cette foule de clones et ça aurait forcément modifié nos comportements. Enfin, on verra. On arrive. À bientôt, j'espère.*

Nous sommes arrivés dans une salle munie d'une rampe semblable à celle de la salle de l'entonnoir. Docilement, nous prenons place. Il n'y a aucune échappatoire possible. La gélatine enveloppe nos têtes. Je me dissous dans l'air.

24 – *Déprogrammé ?*

Je me retrouve seul, dans la salle G. Je suppose que je suis à Paris. Cerdysh, Cedrik et Cedrych doivent être arrivés dans les autres salles G.

Comme un raz de marée, les souvenirs affluent dans ma mémoire. Par vagues successives, les sentiments d'impuissance puis de colère montent et envahissent mon être tout entier. Je me précipite dans le couloir, bousculant tout le monde sur mon passage, jusque dans le bureau de monsieur Vandekhor. J'entre sans frapper : personne. J'entends des éclats de voix provenant de la pièce du fond. En trois enjambées, je traverse le bureau, ouvre la porte, gonflé à bloc, prêt à démolir tout obstacle.

Monsieur Vandekhor, Firstub et Tristan sont là. Ils n'ont pas le temps de réagir. Incapable de m'exprimer autrement, je me précipite sur Tristan que je laboure de coups, hurlant tous mes griefs et mes souffrances, à leur exploser les tympans. Les deux autres m'immobilisent et, comme d'habitude, anéantissent toute rébellion d'un regard. Je m'écroule sur le sol tel un pantin, vidé de toute énergie.

/

Où suis-je ? Ils m'ont attaché comme un vulgaire saucisson ! On dirait un tuyau. Un scanner, peut-être. Je cligne des yeux, une lumière intense m'éblouit. Mes membres sont douloureux, je ne peux pas bouger. Sans discontinuer, un flot de larmes coule. Mes paupières sont maintenues ouvertes, je ne parviens pas à les fermer. Je voudrais parler, crier : aucun son ne sort de ma gorge. La panique me gagne. Les salauds, ils sont en train de me déprogrammer ! Je vais mourir.

Mourir ? Tulay, il faut que je leur dise pour Tulay. La lumière s'éteint. Dans le noir, une multitude de points lumineux dansent devant mes yeux. Des éclats de voix résonnent au loin. Puis, le silence total.

J'attends. Toujours rien. Ils m'ont abandonné là... ou alors... je suis mort. Bon sang, me laissez pas comme ça ! Au secours ! Au secours ! Aucun son ne sort. Ils ont dû m'enlever l'usage de la parole. J'ai chaud, j'ai froid. L'odeur de la sueur emplit mes narines. Je ne suis pas mort, je transpire.

Deux petits halos de lumière rouge apparaissent et tournent au-dessus de mon visage. Ils s'immobilisent juste face à mes yeux toujours ouverts. Je sens deux rayons lasers pénétrer dans mon crâne. Tout devient flou. Les lumières tournoient frénétiquement puis tout disparaît.

/

J'ai la tête lourde, je bats des paupières. Tiens, elles fonctionnent. Maintenant, c'est le contraire, je n'arrive pas à garder les yeux ouverts. La blancheur des murs m'éblouit, à moins que mes yeux ne soient altérés par le traitement que j'ai subi. Je soulève le bras droit, je ne suis plus attaché. Une voix douce parvient à mon oreille :

— Comment te sens-tu ?

C'est Tristan, je reconnaîtrais sa voix entre mille. Les souvenirs se bousculent. Je me sens à la fois encore empli de colère et incapable d'exprimer quoi que ce soit. Je tente de me relever ; j'ai tellement de choses à dire. Ma tête tourne et c'est à nouveau le trou noir. Dans le brouillard du tourbillon qui m'emporte, j'entends un murmure :

— C'est beaucoup trop tôt, il en a encore pour plusieurs jours.

Je tente de leur dire : Tulay, Tulay est prisonnière...

25 – *Une âme très ancienne*

« *C*édric, *Cerdish, Cedrik, vous m'entendez ?*
— Je t'entends, tu es en Angleterre ?
— Non, je suis à New York. C'est géant, j'ai tenté de vous parler au cas où nous serions dans le même laboratoire, mais il semble que l'on puisse communiquer d'un pays à l'autre par la pensée. Ici, je crois qu'ils m'ont reprogrammé. Il s'est passé des choses très étranges. Est-ce pareil pour toi ? Est-ce que Cédric et Cedrik, vous pouvez aussi m'entendre ? Je ne sais plus quoi penser et qui croire.

— Oui, je t'entends, c'est génial, tu m'as sorti de ma léthargie. À Paris, ils m'ont fouillé le cerveau avec des faisceaux lumineux rouges. C'est tout ce dont je me souviens. Pour l'instant, je suis dans une chambre entièrement blanche, je n'en sais pas plus. Je suis seul.

— C'est la même chose pour moi à Berlin, une sorte de scanner, des lumières rouges et la chambre blanche.

— Donc, une fois de plus, ils nous utilisent tous de la même manière », conclut Cerdish.

La voix de Firstub résonne dans ma tête :

— Bonjour vous quatre, je suis vraiment désolé pour tout ce que vous avez dû supporter ces derniers jours. Vous êtes de retour depuis une semaine...

— Tant que ça ! J'ai l'impression d'avoir dormi seulement quelques heures. J'ai la tête en pastèque ! s'exclame Cedrych.

Firstub répond d'un rire franc et clair qui réchauffe mon cœur et apaise mes inquiétudes.

— Vous êtes revenus en assez mauvais état. Lexhil vous a passablement malmenés. Même si seul Cédric a eu un contact physique avec la palpeuse, nos tests montrent que vous avez tous été atteints.

— *Comment est-ce possible ? Et comment pouvons-nous communiquer tous comme ça à des kilomètres les uns des autres ?* lance Cedrych, exprimant ainsi une pensée commune.

— *Oh là, une seule question à la fois. Parlons d'abord de vos capacités mentales. Vous êtes génétiquement en tout point semblables. Si vous voulez comprendre ce phénomène, je vous demande de m'écouter sans m'interrompre. Il y a environ cent ans, des êtres très supérieurs à Lexhil et à nous-mêmes ont pressenti le dérapage de Lexhil. Ils sont entrés en contact avec la partie d'une âme très ancienne qui demeurait en sommeil. Sans vous expliquer tous les détails que je vous fournirai plus tard, cette âme a accepté de son plein gré et en parfaite connaissance de cause de se réincarner, pour tenter de contrecarrer la folie de Lexhil. Pour maximiser les chances de réussite, l'âme concernée a décidé de s'incarner dans quatre individus humains génétiquement identiques : vous. Ce faisant, elle devait accepter les règles de la réincarnation humaine et donc perdre en totalité la mémoire de ce qu'elle est. Les différents éléments de maturation lui permettant de combattre le projet de Lexhil devaient se réactiver naturellement le moment venu. Notre équipe était juste prévue pour s'assurer que tout se déroulait normalement. Est-ce clair jusqu'ici ?*

— *Oui*, répondons-nous en chœur, pressés de savoir enfin qui nous sommes et d'où nous venons.

— *Votre capacité à communiquer mentalement fait partie de ces aptitudes. Celle de quitter vos corps en utilisant la caudale, aussi, à une différence près : nous avons dû l'activer en mode forcé. Comme je vous l'ai déjà expliqué, Lexhil ne peut normalement pas attaquer la Terre. Actuellement, des éléments indépendants de notre volonté perturbent le champ électromagnétique terrestre. Ils ont provoqué une faille importante qui a permis à Lexhil une intrusion. Il a dorénavant en sa possession des informations qui nous obligent à accélérer votre processus de maturation. Nous en sommes vraiment désolés.*

— *J'ai une foule de questions, mais ce que je voudrais surtout savoir, c'est : qu'est-il arrivé à Tulay ?* reprend Cedrych.

— *La totalité de nos sites est sous vidéo-surveillance y compris le lieu que nous avons utilisé pour vous aider à maîtriser la peur, l'endroit où Tulay vous attendait après votre départ précipité. Je crois que le plus simple est que vous visionniez l'enregistrement.*

— *Mais, nous sommes à des kilomètres les uns des autres !* s'exclame Cerdish, agacé.

De nouveau, Firstub rit franchement :

— *La distance n'a aucun sens pour vous, dorénavant, vous allez voir cette vidéo immédiatement sur le plafond, là où vous êtes.*

Cette pensée à peine émise, le plafond au-dessus de moi s'anime comme au cinéma. Je suis tendu, que s'est-il donc passé pendant notre absence ? J'appréhende le pire !

26 – *L'enlèvement*

L a projection commence. Tulay, monsieur Vandekhor, Tristan et Firstub sont dans l'appartement, juste après mon départ précipité.

Tulay est complètement désemparée. Elle se tourne vers Firstub :

— Que s'est-il passé, Cédric vient littéralement de se dissoudre comme vous, c'était prévu, ça ?

Devant l'expression surprise et inquiète de Firstub, elle s'alarme :

— Il s'est passé quelque chose d'anormal, où est-il ? Où est Cédric ?

Tristan intervient immédiatement pour l'apaiser visuellement, tout en la prenant dans ses bras pour la conduire vers la cuisine.

Firstub et monsieur Vandekhor se dissolvent. Une atmosphère lourde, angoissante, emplit la pièce. Je ne vois rien d'autre que mon salon vide, pourtant je ressens des présences. C'est certainement mon imagination qui me joue des tours. Le temps semble s'être arrêté. J'ai envie d'accélérer le film, mais je n'ai pas de télécommande. Je commence à m'agiter quand Firstub apparaît sur le plafond-écran. Il est rejoint par Tristan et Tulay, dont le visage est décomposé. Mon cœur se serre. Elle regarde intensément Firstub, à l'affût du moindre indice rassurant.

Il ne la fait pas attendre :

— Cédric est là-bas, tout va bien. Line est en contact avec lui.

Le visage de Tulay se détend.

— Il s'est quand même passé quelque chose d'imprévu. Je veux aller de l'autre côté pour être en contact avec Cédric et le ramener s'il est en danger.

Le ton est péremptoire et son expression autoritaire. Firstub semble attendri.

— C'est ce qui vient d'être décidé, mais c'est nous deux qui ferons le transfert.

Tulay est complètement incrédule. Je n'ai pas le temps de me poser la moindre question. Sous mes yeux, je vois Firstub et Tristan prendre chacun une des mains de Tulay et tous les trois se dissolvent. L'appartement reste désespérément vide.

J'attends… C'est long ! Pourquoi ne passe-t-il pas la vidéo qui correspond ? Carbonne apparaît, fait le tour de toute la pièce comme pour s'assurer qu'il ne reste vraiment personne, puis saute sur le clic-clac et s'installe. Le film s'arrête et reprend avant que j'aie le temps de manifester à nouveau mon impatience.

Cette fois-ci, je reconnais le petit coin coquet que Tulay s'est aménagé pour m'attendre. Ils apparaissent. Tulay semble enchantée :

— Ça, c'est carrément génial, mieux que l'ascenseur-téléporteur ! Ce sera possible que j'apprenne à le faire ?

Bien que cette remarque amuse Tristan, je le sens peu enclin à l'humour. Il répond d'une voix qui se veut rassurante :

— Ce n'est pas à nous d'en décider. Pour l'instant, installe-toi, nous allons revenir rapidement.

À nouveau, ils disparaissent. Tulay va et vient, visiblement agitée. Je vois mon corps inerte. Comment est-il arrivé là ? Je me suis dissous dans l'appartement ! Tulay s'en approche et tente de se concentrer. Elle doit essayer de me contacter. Elle soupire, change d'endroit, se concentre à nouveau. Je sais qu'elle ne va pas patienter comme ça bien longtemps. Pourtant, c'est certain, elle n'a pas pu se rendre seule chez Lexhil, elle n'a pas de pouvoir caudal. Comment a-t-elle pu arriver dans un clone ? Mon attention est à nouveau captée par l'écran. Mademoiselle Steuping avance vers Tulay, d'un pas décidé.

— Monsieur Vandekhor m'envoie vous prévenir que Cédric vient d'entrer dans le tunnel. Il n'a aucun moyen d'échapper à l'entonnoir, si vous n'agissez pas immédiatement.

Tulay est décomposée.

— Il faut que je le rappelle, dit-elle, paniquée. J'essaye depuis tout à l'heure et ça ne fonctionne pas. Pourtant son enveloppe corporelle est bien là, alors qu'il est parti de l'appartement. Je ne comprends rien ! Je vais essayer encore.

— Non ! Dans le tunnel, il ne peut plus être en contact avec vous. Monsieur Balson m'a conditionnée pour vous envoyer là-bas. Vous arriverez dans le corps du clone non occupé. Vous savez, celui dont nous avons parlé pour faire diversion dans la salle G.

— Oui, oui, je me souviens… Je ne suis pas Cédric, le clone a les formes de Cédric, ça ne va pas marcher et puis je ne sais pas ce que je devrais faire, débite-t-elle paniquée.

— Laissez-moi parler ! reprend mademoiselle Steuping de son ton autoritaire légendaire. Les consignes sont claires : je vous envoie là-bas. Vous serez dans le clone inoccupé, ça marchera. Vous devrez bouger sans cesse pour ne pas alerter les vers, mais vous ferez en sorte de vous faire remarquer par les Ères, en incitant les clones à la rébellion. Une Ère viendra forcément vous chercher pour vous conduire dans le tunnel. Vous devrez vous laisser faire pour ne pas être blessée. Monsieur Vandekhor a dit que la diversion provoquée par votre capture suffira pour permettre à Cédric de s'évader.

— Et moi, je vais rester là-bas ? demande Tulay horrifiée.

— Non, il a dit que vous vous dématérialiserez et serez instantanément de retour.

— Mais, je ne sais pas me dématérialiser seule !

— Vous êtes vraiment sotte ! Hum, excusez-moi, cela m'a échappé. (Elle pince ses lèvres et se reprend) C'est programmé dans votre transfert. C'est pour cela qu'il faut faire vite, car tout est déjà enclenché. Vous avez bien compris : arrivée là-bas, vous bougez vos pieds sans cesse et vous exhortez les autres à la révolte. Vous vous laissez transporter sans résister par l'Ère. Ensuite, vous serez automatiquement ramenée ici. Maintenant, il faut y aller.

Tulay hésite :

— Tristan m'a dit d'attendre ici.

— Écoutez, c'est la seule chance de revoir Cédric vivant et, si vous appliquez les consignes à la lettre, vous serez de retour tous les deux ici dans moins d'une demi-heure. Allez, on y va.

Elle tend les deux mains à Tulay qui, après une brève hésitation, y dépose les siennes. Elles disparaissent instantanément.

J'attends désespérément de la voir réapparaître, en même temps que je réalise la traîtrise.

Le plafond redevient blanc. Une colère sourde bouillonne dans mes veines.

— *Le traître, c'était elle ! Ah, la garce, la vermine, la...*

Ma colère résonne dans ma tête en quatre exemplaires, ce qui lui donne une intensité phénoménale et me laisse complètement épuisé.

— *Calmez-vous, vous n'êtes pas encore assez rétablis pour faire face à des émotions aussi fortes.*

Ma colère s'amplifie.

— *Elle est partie pour me sauver. Je dois y retourner. Ce n'est pas possible de la laisser aux mains de ce monstre. Il les a déjà torturées. Nous l'avons vu sur les écrans.*

— *Nous savons tout cela,* reprend Firstub tentant de maîtriser nos agitations désordonnées et cacophoniques. *Nous avons sondé vos quatre cerveaux et connaissons chaque détail de ce que vous avez vu et même bien plus. Rappelez-vous que vos clones étaient équipés d'un système très perfectionné pour enregistrer tout ce qui se passait à 360°...*

Sans en écouter davantage, nous explosons tous en même temps :

— *Depuis combien de temps sont-elles seules, là-bas, sans défense ?*

Cedrych est hors de lui.

— *Au lieu de nous pouponner, il fallait s'occuper de les récupérer !* ajoute Cerdish exaspéré, pendant que Cedrik hurle :

— *Je me fous complètement de sauver qui que ce soit, si Tulay doit être victime de cet hystérique fou furieux.*

À nouveau, la cacophonie de nos récriminations sature tout notre espace mental. Firstub a dû décider d'y mettre fin de façon autoritaire, car sans préambule un silence pesant alourdit ma tête. Le contraste avec le bouillonnement de colère qui me submerge est tel que j'éclate et hurle de toutes mes forces. Mon cri résonne dans la salle, rebondit sur les murs dont la blancheur devient insupportable. Peine perdue, personne ne réagit. Je m'écroule, anéanti et vidé de toute énergie. Les larmes envahissent mon cœur et mon visage. J'ai trahi Tulay. Je ne me le pardonnerai jamais. Je n'aurais pas dû revenir sans elle.

27 – *Human Genetic Code*

Je n'ai pas le temps de cogiter ; la porte s'ouvre sur un Tristan qui se veut plus rassurant qu'il ne l'est. Je ne lui laisse pas le temps de me raconter trente-six mille sornettes.

— Ce n'est pas la peine de chercher des arguments, je ne veux qu'une chose : aller la chercher.

— Calme-toi. C'est sur cela que nous avons travaillé pendant tout votre temps de récupération. Je suis désolé, Cédric, nous avons fait au mieux. Pour sauver Tulay, il faut impérativement que Lexhil continue de croire qu'il maîtrise la situation.

— Mais, il la maîtrise !

— Non, c'est bien nous qui tenons les rênes. Votre expédition nous a apporté une manne d'informations bien supérieure à ce que nous espérions.

— Je m'en moque. Vous avez sacrifié Tulay. Je refuse de coopérer avec vous tant que je ne l'ai pas ramenée ici vivante.

— Elle va bien, elles vont bien, devrais-je dire. Mamie Line les guide et les soutient en permanence.

— Arrête de mentir ! Mamie Line ne nous entendait pas quand nous l'appelions à quatre et elle pourrait communiquer avec Tulay ? Tu me prends vraiment pour un imbécile !

— Lorsque vous avez tenté d'appeler mamie Line, elle était déjà en mission auprès de Tulay. Vous n'étiez pas en danger, elle n'avait aucune raison de vous répondre.

Sa voix est devenue ferme et très autoritaire. Il ne m'a jamais parlé de cette façon. Je reste un bref instant interdit, tentant de comprendre.

J'ajoute, désespéré :

— Mamie Line ne peut que les soutenir, elle ne peut rien faire s'il les torture encore.

Tristan m'enveloppe d'un regard très tendre, comme lorsque j'avais 10 ans.

— Cédric, c'était de la manipulation mentale ! Lexhil ne les a pas touchées. Elles ont une valeur énorme à ses yeux. C'est vous quatre qu'il veut, Tulay est une merveilleuse monnaie d'échange, la meilleure qu'il puisse trouver. Ce sont les ADN humains qui l'intéressent pour générer des clones, il n'a pas besoin de torturer ses victimes pour l'obtenir.

— Attends, je ne comprends plus. Je croyais qu'il fallait qu'il nous absorbe pour obtenir notre ADN.

— Oh, je vois ! Il y a deux choses. N'importe quel biologiste peut obtenir l'ADN d'une personne. Il lui suffit d'avoir une partie quelconque de cette personne. Un simple cheveu suffit. C'est ce que l'on utilise dans les enquêtes policières. Ce que veut Lexhil, quand il absorbe un humain, est bien plus que sa carte d'identité génétique. C'est son code génétique, ce qu'il est, a été et sera. Son passé, son histoire, ses émotions et tout ce qui le caractérise. Le code génétique humain ne se limite pas à des données physico-chimiques. C'est bien plus que l'ADN que tu connais, bien au-delà de ce que tu peux imaginer.

— Je ne comprends plus rien. Je croyais que Lexhil avait utilisé l'ADN de Qalkulovitch pour l'absorber.

— Oui, c'est précisément ce qu'il a fait. Il peut se procurer l'ADN de tout individu qu'il peut approcher physiquement ou bien avoir connaissance de l'ADN d'un individu par un autre biais et s'en servir pour l'absorber à distance.

— Donc, pour Qalkulovitch, il a utilisé le code que j'avais subtilisé lors des sauvegardes… Je suis donc responsable de sa mort !

— C'est possible, mais pas certain, nous pensons qu'il peut aussi s'être procuré son ADN lors de l'agression qui a précédé.

— Si Lexhil peut avoir notre ADN, pourquoi veut-il nous absorber ?

— Il a besoin des deux. L'ADN pour générer des clones qu'il peut génétiquement manipuler et le code génétique humain pour devenir le maître de l'évolution. Ce qu'il vous a montré, ce sont des clones de vos Tulays fort mal faits, parce qu'il n'a pas eu le temps de générer des clones de la qualité de ceux que vous avez côtoyés. Réfléchis, vous ne les avez vues que quelques secondes, elles étaient immobiles. Nous avons travaillé ces images, ce n'étaient pas elles, je te le certifie. Mamie Line nous a garanti qu'elles étaient très bien traitées. Bien qu'il ait fait de nombreux prélèvements, elles restent pour lui une énigme.

— Pour nous aussi. Est-ce que tu peux m'expliquer ce mystère ? On nous dit que Cedrik, Cerdish, Cedrych et moi sommes l'incarnation de la partie d'une âme, ce qui pour moi ne veut rien dire. Je suis juste obligé de l'admettre et de le constater. Est-ce que pour Tulay, c'est la même chose ?

— Je vais encore t'agacer. Vous faites partie d'un vaste programme appelé « Human Genetic Code ». Ce programme voulait que certaines données soient totalement maîtrisées pour que vous ayez des évolutions en tout point similaires. Avant que tu ne t'énerves, je précise que toi et Tulay connaissiez parfaitement le déroulement prévu et les risques encourus.

— Mouais, tu me dis ce que tu veux. En attendant, je veux retourner la chercher et je suis certain que les autres pensent la même chose.

— Il est effectivement prévu que vous y retourniez, mais nous attendons le moment favorable pour vous déclarer aptes. Dès qu'elle aura toutes les informations, mademoiselle Steuping ne manquera pas de les transmettre. Dans ce cas, c'est Lexhil qui s'occupera du transfert, ce qui évitera tous les risques liés au passage des protections de sa dimension.

— Steuping est toujours là ?!

— Bien sûr, un traître est bien plus utile actif que captif. Nous avons besoin d'elle pour tromper Lexhil, nous savons qu'elle dispose d'une équipe dans La Séclya. La vidéo de la salle G que vous a présentée Lexhil a été volontairement mise à disposition de mademoiselle Steuping. Lexhil doit continuer à croire qu'il est le maître. Par conséquent, toutes les vraies décisions sont prises ici, dans une dimension totalement inaccessible à tous les humains.

— Ben, j'y suis bien, moi !

Il éclate d'un rire tellement sonore que je le regarde, totalement incrédule.

— Quoi encore, je ne suis pas un humain ? lui dis-je, passablement agacé de tous ces mystères.

Il se calme et reprend avec un sourire qui l'illumine :

— Si. Tu es un humain, mais avec un code génétique très, très particulier. Sur ce, il est temps que nous rejoignions l'équipe, je crois que votre départ risque d'être imminent.

— Ça sort d'où, ça ? Il y a même pas cinq minutes, rien ne pressait.

Il sourit à nouveau.

— La communication mentale. Il me semble que tu connais !

— J'ai rien entendu, dis-je un peu provocateur.

— Aïe, aïe, aïe, tu n'as pas testé l'orientation de la pensée, par hasard ? Pourquoi crois-tu que Lexhil ne vous entendait pas ?

Il sort. Je le suis, penaud.

28 – *Unité*

Nous sommes effectivement dans un lieu que je n'ai jamais vu. On se croirait dans un couloir d'hôpital, à ceci près que les murs semblent impalpables, cotonneux. Je n'ai pas le temps de m'étendre davantage sur le décor, ce qui se déroule sous mes yeux me laisse sans voix. Cédric, Cerdish et Cedrych sont sortis en même temps de je ne sais où, chacun accompagné de Tristan. J'ai à peine ouvert la bouche pour manifester ma stupéfaction que les quatre Tristans se fondent en un seul, aussi naturellement qu'un individu disparaîtrait à l'angle d'une rue.

Nous sommes là, tous les quatre avec le même air ahuri qui, par la force de l'habitude, va finir par devenir notre expression première. Tristan, unique à présent, nous regarde et éclate encore d'un de ses rires qui m'horripilent les poils.

— Franchement, c'est pas simple de vivre avec vous !

Ma remarque rencontre l'appréciation physique de mes trois compères.

— Réfléchissez bien, si nous pouvons prendre n'importe quelle apparence à partir d'une simple connaissance ADN, alors forcément nous pouvons nous démultiplier à volonté. Nous avons dépassé depuis longtemps la lourdeur de l'apparence physique fixe et pouvons avoir autant d'apparences simultanées que nous le désirons.

— Mais c'est hallucinant ! Alors comment faites-vous pour savoir à qui vous avez affaire et qui sont réellement les autres ? s'exclame Cerdysh, stupéfait.

— Ça ne nous pose aucun problème, car nous sommes une seule et même conscience.

— Alors, toi, Firstub, monsieur Vandekhor… euh… C'est pareil, enfin je veux dire c'est le même ?

— C'est exactement ça. Une seule et même entité qui peut se décliner sous de multiples apparences et vivre de multiples expériences, comme vous.

— Tatata, réagit Cedrych, j'ai jamais réussi à changer de look autrement qu'en allant chez le coiffeur. C'est du grand n'importe quoi, tu vas voir.

Joignant le geste à la parole, il se précipite sur moi et me heurte violemment. Nous nous retrouvons tous les deux par terre, bien distincts l'un de l'autre malgré la ressemblance, mais avec quelques bleus en prime.

L'effet de surprise passé, tout le monde éclate de rire. La démonstration est concluante !

Tristan reprend son calme et explique :

— Vos vibrations sont beaucoup trop lentes pour que vous puissiez vous fondre les uns dans les autres, mais cela viendra.

Cedrik, qui est le plus à fleur de peau de nous quatre, reprend :

— Je n'ai jamais eu la prétention d'être une lumière, mais il y a vraiment des moments où je me demande si vous ne nous prenez pas pour quatre ignares de première classe.

— Tout à fait d'accord avec lui, depuis que j'ai trouvé un emploi à La Séclya, j'ai franchement l'impression d'être de plus en plus idiot chaque jour, ajoute Cerdish.

— Vous avez ce sentiment parce que vous découvrez tout à un rythme extrêmement rapide. La plupart de vos congénères humains découvriront tout cela, mais il leur faudra plusieurs centaines de vies pour y parvenir.

— Allez, encore un scoop ! Maintenant, on ne vit plus cent ans, mais quelques centaines de vies. Pfff, je crois que je préfère changer de sujet. Quand part-on chercher Tulay ?

— Très bonne question, allons rejoindre les autres, conclut Tristan.

— ????

— *Il se moque ou je n'ai rien compris ? Il vient bien de dire que les autres et lui, c'était la même chose, non ?* transmet Cerdish.

— *Je crois qu'on ferait mieux de ne pas trop chercher à tout comprendre, ils sont un peu trop tordus, ces gars-là !* répond Cedrik, dépité.

J'éclate de rire, heureux de ne plus me sentir le seul niais du coin. Les autres ont compris ou ressenti la même chose, je ne sais pas, mais c'est dans un état d'hilarité générale que nous suivons Tristan.

29 – *Communication instantanée*

Nous pénétrons dans une salle aux proportions pharaoniques, emplie de plénitude et de sérénité. Waouh, c'est magnifique ! Les parois sont composées d'une alternance de trois carrés et de trois triangles, aux proportions démesurées, d'une blancheur lumineuse et opalescente. La voûte triangulaire qui culmine à plus de dix mètres du sol est soutenue par d'élégantes colonnes. Bouche bée, nous contemplons ces magnifiques élévations. Elles semblent être composées de fils de soie finement tressés. De la fluidité de l'ensemble émane un sentiment de paix profonde. La table de la salle G est là devant nous, exactement au centre, majestueuse dans cet écrin. Je suis fasciné par la sensation d'appel qu'elle irradie délicatement de son centre, qui tourne très lentement dans un mouvement de spirale irrésistible. Lorsque mon regard parvient à s'en détacher, je remarque que toutes les chaises qui l'entourent sont occupées par des êtres magnifiques. Oui, c'est bien cela, des êtres magnifiques de sérénité. Ils dégagent un sentiment de paix total. Tristan nous regarde, une expression paisible éclaire son visage.

— Le grand Conseil n'attend que vous pour commencer, dit-il d'une voix douce.

J'avance, ébloui comme un enfant qui découvrirait son premier sapin de Noël. Tout en moi semble apaisé. C'est exactement la même sensation de bien-être intense que j'avais vécue lors de ma première rencontre avec Firstub, la première fois qu'il avait plongé ses yeux dans les miens. Je suis aérien, détendu au-delà de la notion de simple détente musculaire : une détente psychique, astrale. Sans nous concerter, d'un même élan nous murmurons tout doucement :

— Whaou…

La sensation de plénitude intérieure s'intensifie et je ressens furtivement la totalité de ce que nous sommes. Bien que fugace, ce sentiment incroyable d'être tout et rien à la fois est d'une telle intensité que je tombe plus que je ne m'assieds sur la chaise qui se trouve près de moi. Les yeux pétillants, le cerveau ouvert, je me sens prêt à tout entendre, en complète harmonie avec l'assemblée.

Au bout de la table, un homme d'apparence peut-être plus âgée ou plus sage, je ne sais pas, prend la parole d'une voix profonde, chaude et grave :

— Bonjour, je m'appelle Barzok. Nous nous connaissons très bien dans une autre dimension et je tiens à vous remercier pour tout ce que vous avez accepté de faire. Je sais que vous réussirez, car vous êtes des Êtres extraordinaires.

Je suis plus qu'aux anges. Recevoir une telle reconnaissance de la part d'un personnage aussi lumineux me transporte d'allégresse. Il continue :

— Tout est prêt pour votre prochain transfert. Avant le départ, nous allons implanter dans vos mentaux des informations complémentaires qui vous permettront de mener à bien votre mission. Nous avons également développé une fonction mentale très puissante qui vous permettra de communiquer instantanément sans passer par la pensée formulée.

Je redescends d'un cran dans mon petit nuage.

— *Quoi, quoi, quoi, qu'est-ce que c'est que ce nouveau gadget ?*

Visiblement, Cedrik est redescendu plus bas. Évidemment, toute l'assemblée a capté sa pensée. Des sourires éclairent leurs visages, comme si cela était encore possible. Malgré moi, je les admire, contemplatif.

— Vos cerveaux, comme tous les cerveaux humains,

communiquent entre eux au moyen d'ondes électriques. En cas de danger et donc de stress, cette fonction s'intensifiera et vous permettra de réagir directement comme si vous n'étiez qu'un seul corps.

— ????

Firstub explique :

— Actuellement, vous êtes quatre, avec quatre corps et quatre cerveaux différents, même si fréquemment vous avez des réactions et des pensées ou pulsions très proches, voire synchronisées. En cas de danger, vous fonctionnerez comme un être unique. Par exemple, si Cerdish est menacé par un agresseur derrière lui et que Cédric voit l'agresseur, l'information émise par le cerveau de Cédric enverra immédiatement les ordres adaptés dans le corps de Cerdish, qui réagira comme s'il avait des yeux dans le dos et que c'était son propre cerveau qui commandait le geste de défense.

Nos quatre paires d'yeux s'élargissent et je pense à haute voix :

— Whaou, mieux qu'Athos, Portos et Aramis !

— Que qui ? réagissent en chœur les trois autres.

— Ben, les mousquetaires. Tous pour un, un pour tous… Vous ne connaissez pas ?!

Ils secouent la tête négativement. Mince alors, je ne suis pas tout à fait comme eux. Qu'est-ce que ça signifie ?

Conscient de mon trouble, Firstub enchaîne :

— Oui, si tu veux. Les sentiments d'union et de puissance sont essentiels pour vaincre. Ce ne sont ni le nombre ni la taille qui feront la différence, mais Votre Puissance Intérieure Commune.

— Comme Goliath et David, dis-je pour tester.

— Oui, David a vaincu Goliath alors qu'il était physiquement très inférieur. Il a utilisé son intelligence et sa force intérieure, répond Cerdish.

— Nous serons quatre unis dans l'action, si j'ai bien tout compris. Un peu comme les cerveaux collectifs, quatre forces intérieures connectées doivent avoir une puissance décuplée, ça va être explosif ! ajoute Cedrych.

Toute l'assemblée rit chaleureusement, nous entraînant dans une sorte d'euphorie qui nous fait oublier pendant quelques instants l'importance du danger que nous allons affronter et le malaise qui commençait à s'installer. Le calme revenu, Barzok reprend dignement mais paternellement la parole.

— Votre fraîcheur fait plaisir à voir et c'est votre plus grande force, mais ne perdez pas de vue que soustraire les quatre Tulays aux griffes de Lexhil est extrêmement dangereux pour vous. Nous ne pouvons absolument pas vous garantir que vous reviendrez tous les quatre de ce périple ni que vous parviendrez à atteindre votre objectif. Lexhil est dangereux, c'est une personnalité fortement narcissique à connotation paranoïaque...

— Euh...

La mimique d'incompréhension qui nous anime le fait sourire. « Narcissique », nous avons expérimenté, mais « à connotation paranoïaque », ça devient obscur. Il se reprend :

— Excusez-moi, Lexhil est un des nôtres, mais il souffre d'un besoin très exacerbé d'être admiré en permanence. Il est convaincu d'être l'être le plus important de tout l'univers et d'avoir une mission grandiose à accomplir. Il n'éprouve aucune empathie pour toutes les autres formes de vie, quelles qu'elles soient, c'est-à-dire qu'il ne leur reconnaît aucun besoin ni même aucune raison d'être, si ce n'est de servir son grand dessein. Il a tendance à surestimer ses réalisations et ses capacités. Il est très important que vous vous en souveniez. Comme lors de votre dernière visite, il tentera de vous en mettre plein la vue, comme vous dites chez vous.

Je souris intérieurement. On ne peut vraiment rien leur cacher.

— Il est important que vous gardiez en mémoire sa personnalité, car il est très suspicieux et particulièrement méfiant. S'il se sent trahi, ce qui ne manquera pas d'arriver, il est capable de représailles d'une violence complètement disproportionnée. Si l'un de vous ou l'une de vos quatre amies tombait dans ses griffes lors de votre fuite, vous ne pourriez rien faire. Il vous faudra accepter cette perte.

J'ai l'impression d'avoir reçu un magistral coup de massue derrière la tête. La chute est vertigineuse. La violence de cette éventualité dans un lieu aussi idyllique est assassine. Nous restons tous les quatre écrasés par cette annonce d'une incroyable évidence. Tout est tellement fluide, ici, que mon cerveau ne pouvait plus rien imaginer d'autre qu'une victoire facile. Je suis soudain submergé par les images d'une réalité beaucoup plus noire. Les bonnets rouges des angelots dansent devant mes yeux, encadrant des dents sanguinolentes. Le souvenir des pustules horripile mes poils. Les palpeuses menaçantes foncent sur moi. Je me sens défaillir quand la voix chaude et plus enveloppante que jamais résonne avec force en moi.

— Mais vous êtes équipés de deux armes redoutables que Lexhil ignore : le pouvoir caudal et la communication instantanée. Vous saurez également intuitivement circuler dans le labyrinthe du tunnel, la carte précise est inscrite dans votre inconscient.

Même si cela me rassure un peu, je ne me sens pas l'âme d'un grand guerrier. Comme s'il était à l'intérieur de mon mental, il ajoute :

— Enfin, vous avez un atout dont il ne peut mesurer la puissance : l'amour.

Le souvenir de Tulay, seule avec ce fou dangereux, me fait l'effet du pschitt d'une bouteille de pétillant. À nouveau, je me sens prêt à braver tous les démons de l'espace pour la soustraire à ce narcique.

— *Pas narcique, narcissique*, corrige Cerdysh.

Je lève les yeux, surpris. Le grand sage reprend affectueusement :

— Il vous reste peu de temps, mais je vous conseille d'en profiter pour maîtriser vos pensées.

— *Bon sang, je suis un vrai danger pour les autres, si je n'arrive pas à penser tout seul !*

— *On est au moins deux, me rassure Cedrych, j'ai un peu de mal aussi.*

— Pendant que vous vous entraînez, nous allons faire le nécessaire pour diffuser d'autres informations utiles auprès de mademoiselle Steuping. Ensuite, il vous suffira de vous rendre chacun dans votre salle G. Si tout se passe bien, vous devriez être à nouveau dans le tunnel dans quelques heures.

Une grosse boule d'angoisse se forme dans mon estomac. Si ce n'était pas pour Tulay, je fuirais à l'autre bout de l'espace !

30 – *Massacrés*

Ça a parfaitement fonctionné, mademoiselle Steuping est d'une efficacité redoutable. La préparation que nous avons reçue aussi. Sans grande surprise, je me retrouve à repiquer du riz et à me diriger vers le tunnel.

Notre groupe avance très mécaniquement comme à son habitude.

— *À quel niveau du rang êtes-vous ?*

J'ai reconnu l'accent américain de Cedrych. Je m'empresse de lui répondre, trop heureux de me sentir moins seul.

— *Je suis le dernier à droite.*

— *Juste à côté de moi*, claironne Cerdish en tournant la tête vers moi, visiblement soulagé aussi.

— *Je suis juste devant vous à gauche, mais je préfère ne pas me retourner !* ajoute Cedrik.

— *Bon, comme je suis à côté de toi, nous fermons la file tous les quatre. Ça n'est pas forcément innocent. Lexhil nous tend peut-être une perche pour voir si nous cherchons à le trahir*, conclut Cedrych.

Après un court silence, Cerdish reprend :

— *Je pense que tu as raison, ce serait tellement facile de s'éclipser derrière ce bosquet, par exemple. Ça sent l'embrouille à des kilomètres !*

À ce moment précis, j'entends des cris et des hurlements à l'avant. Mon sang s'arrête de circuler. Pétrifiés, nous avons tous les quatre stoppé net. Le reste de la colonne continue d'avancer mécaniquement. Avant même que j'aie pu exprimer quoi que ce soit, je me sens happé dans un souffle et élevé à une vitesse vertigineuse à une dizaine de mètres au-dessus du sol. Mon estomac descend se caler à l'extrémité de mes orteils. Je suis au bord de la nausée. Les yeux hagards, le cerveau à l'envers, je distingue un bras ensanglanté qui s'élève dans les airs, tourbillonne, semble hésiter quant à ce qu'il doit faire et retombe vers le sol suivi d'une courbe carminée qui s'étiole en gouttelettes éparses. Mon cerveau paralysé refuse d'analyser ce que mes yeux photographient. Brutalement, la violence de la scène investit mon mental et me vrille autant le cerveau que les tripes. Je vomis.

Je hurle de toute la force de mes poumons, comme pour sortir ces images de mon corps en même temps que l'air que j'expire. En dessous de nous, des bonnets rouges attaquent toute la tête de la colonne avec une furie inégalée. Les pauvres clones, incapables de comprendre cet événement non programmé, réagissent par des contorsions de douleurs et des hurlements de bêtes primitives quand ils comprennent, dans leur chair, ce qui se produit. Sans la moindre anticipation, la colonne continue de se jeter dans la gueule du loup.

En quelques minutes, la scène dépasse tout ce qu'un homme peut supporter. Ce n'est qu'amas de morceaux humains se tortillant comme des vers amputés, clones errant un bras arraché ou rampant sur le sol, se vidant de leur sang et de leur vie dans des râles déchirant l'air.

L'odeur âcre qui s'élève de cette tuerie, la vue de ces malheureux qui se contorsionnent de douleur et les hurlements de bêtes affamées des angelots torturent mon âme. Un haut-le-cœur d'horreur et de terreur mêlées me broie le ventre et je n'en finis plus de vomir sur ce chaos sanglant. Vidé, piètre pantin désarticulé, je réalise que les Ères nous maintiennent en spectateurs, hors de portée des monstres qui continuent leur carnage.

À ma gauche, Cerdish craque. Il hurle à son tour et gesticule frénétiquement tentant, de se libérer de l'emprise de l'Ère. En même temps, Cedrik, Cedrych et moi lui crions :

— Non, Cerdish, ARRÊTE.

Nos Ères respectives se sont rapprochées et je crie plus fort encore :

— Arrête, elle va te broyer.

— Ou te lâcher, ce sera pire, ajoute Cedrik.

Mais la panique semble trop forte. Cerdish s'agite de plus en plus et perd la raison.

— Noooon !

Son cri s'arrête brutalement, suivi d'un lourd silence.

Devant nous, l'Ère passe et s'éloigne, emmenant Cerdish pantelant entre ses serres métalliques. Nos Ères la suivent. En bas, il n'y a plus rien. Une large tache brune sur le chemin, c'est tout ce qu'il reste de ces pauvres diables. Les points rouges des bonnets assassins se sont disséminés dans la campagne à la recherche de nouvelles proies. Au loin, je distingue les autres colonnes qui se dirigent vers le premier souterrain et je prie. Je prie avec ferveur « Faites qu'ils rentrent à temps, Faites qu'ils rentrent à temps… »

Une petite pensée s'insinue dans ma tête, osant à peine être formulée :

— *Vous croyez qu'il vit encore ?*

Les Ères viennent de s'engouffrer dans le tunnel où un comité de palpeuses nous attend, mais… nous ne sommes plus que trois. L'Ère de Cerdish a disparu sur la droite. Anéantis, nous suivons nos guides gluantes jusqu'à notre cellule, devenus aussi robotiques que les corps de clones que nous occupons.

Le temps passe, ma tête reste désespérément squattée par ces images de violence sanguinaire sans aucune discrimination. De temps à autre, des mouvements sporadiques agitent mon corps. Je n'ai plus rien à vomir. Je ne suis rien d'autre qu'une masse inerte dans une prison de béton.

Puis, doucement, du fond de mon être une certitude s'immisce et grandit. Sans comprendre pourquoi, je me sens revivre de l'intérieur. Comme une fleur qui s'ouvre, je sens des effluves de fraîcheur qui irradient du centre de mon cœur. Mon mental se rebelle, je m'insulte.

Comment puis-je éprouver une sensation pareille après ce que j'ai vu et, pire encore, après avoir perdu une partie de moi-même ? Oui, j'ai perdu une partie de moi, c'est bien ce que je ressens. Nous sommes tous les quatre viscéralement liés. Je l'éprouve profondément en moi. Quatre êtres distincts qui ne sont en fait qu'une seule et même entité. Cette sensation dépasse tout ce que j'avais compris !

Mais alors… Si je me sens mieux, ça veut dire que… qu'il est vivant !

— *Il est vivant !*

Je me suis assis d'un bond sur le bord de mon lit, immédiatement imité par Cedrik et Cedrych. Nous n'avons même pas besoin de communiquer davantage. Nous nous mettons à pleurer, submergés par une vague de soulagement et de libération aussi puissante qu'imprévisible. Nous allons être à nouveau réunis, ce n'est qu'une question de minutes. Chaque cellule de mon corps le sait. Chaque cellule de nos corps l'exprime.

Moins de cinq minutes après, la porte s'ouvre et Cerdish entre, encadré de deux clones coiffés d'un bonnet bleu.

Nous nous jetons sur lui, l'entourant de nos bras, et le pressons de questions dont nous connaissons déjà toutes les réponses. Les clones bleus s'éclipsent sans que nous nous en apercevions.

31 – *Inaccessibles*

À notre grande surprise, notre déjeuner n'est pas servi par des angelots, mais par les clones à bonnets bleus. Ils ont l'air beaucoup plus présent que les angelots. Dans leurs yeux brille une lueur rassurante. Cerdish tente une approche :

— Bonjour, c'est très gentil de nous apporter de quoi reprendre des forces.

Puis, d'un air faussement surpris :

— Vous avez changé de bonnet ?

— Non, non, répond le premier clone, effrayé. Ne nous confondez pas, je vous en prie. Ce serait un affront pour eux et nous serions éliminés. Les angelots sont sacrés ! Nous sommes juste des serviteurs en attendant d'être assez grands pour avoir le droit de sortir. Nous devons attendre la fin de votre repas et partir.

Ils ont tous l'air très inquiet et semblent maintenant pressés de quitter la pièce. Nous nous dépêchons d'avaler notre bol de riz sans dire un mot et ils s'empressent de desservir.

Cedrych réagit dès leur départ :

— *Ben ça alors, c'est impressionnant. Le seul fait d'être comparés aux angelots les terrorise. Vous avez vu ça !*

— *Ce n'est pas si illogique que ça. Si les angelots constituent l'arme principale de Lexhil, tout doit tourner autour d'eux. Nous avons intérêt à montrer la plus grande admiration à leur sujet, même si je ne vois franchement pas comment montrer de l'émerveillement pour des monstres pareils !* répond Cedrik.

J'ajoute, intrigué :

— *Il y a quand même un point particulièrement obscur : à quoi peuvent* bien servir tous les champs de riz ? Les angelots sont nourris avec de la chair humaine et ce n'est pas nous qui justifions autant d'hectares de culture !

— *Je pense que nous y penserons plus tard, on revient nous chercher*, reprend Cedrik, déterminé.

Cette fois, ce ne sont pas des palpeuses qui nous guident, mais des clones bleus.

— *Lexhil semble sûr de lui, car il ne peut ignorer que nous avons parlé avec eux*, nous transmet Cedrych.

— *Il n'a pas tort. Si nous voulons revoir nos Tulays, nous n'avons pas intérêt à faire les malins... ou alors, il a sondé Cerdish tout à l'heure.*

— *Il ne m'a pas sondé du tout ! Il m'a juste... Bon sang ! Vous avez raison, il a fait la même chose que Firstub avec ses yeux ! Du coup, à l'intérieur je ne sais pas ce qu'il a vu. Je doute qu'il m'ait juste ressourcé, j'ai peut-être dévoilé tous nos secrets.*

Ses épaules se sont affaissées ; je ressens son anéantissement. Je n'ai pas le temps de formuler un quelconque réconfort, les clones bleus nous font signe d'entrer dans la même salle que lors de notre première rencontre avec Lexhil.

Je répugne à m'allonger sur le fauteuil ; l'idée d'être sanglé me déplaît fortement.

La voix de Lexhil interrompt mes tergiversations mentales.

— Prenez place, il ne sera pas nécessaire de vous empêcher de réagir, cette fois-ci.

Nous obtempérons, même si je n'ai aucune confiance.

— Votre ami m'a fait part des motifs de votre visite...

Cedrych réagit vivement :

— *Je croyais que tu n'avais rien dit !*

— *Bah, non, je vous jure. Il a dû le voir dans ma tête.*

— Vous ne pourrez pas rencontrer vos amies, elles ne sont pas accessibles pour vous.

— C'est-à-dire ? Qu'en avez-vous fait ? demande Cedrik, inquiet, la voix étranglée malgré sa volonté de paraître détaché.

Lexhil affiche un demi-sourire très déplaisant.

— Absolument rien, elles vont très bien. Je vais juste les garder ici quelque temps encore… Le temps que vous remplissiez votre mission.

— *Il est trop mielleux pour être sincère, méfiance*, dis-je.

— Quelle mission ? demande Cerdish, le plus calmement possible.

— Je savais que vous sauriez vous montrer coopérants. Vous semblez particulièrement tenir à vos petites amies et même si vous n'êtes que de pures créations cloniques, je pense que vous disposez d'une certaine autonomie d'action. Vous avez récemment sauvegardé tous les codes génétiques de vos compatriotes, n'est-ce pas ?… Ces données sont gravées dans vos inconscients, je l'ai vérifié tout à l'heure…

— *C'était donc ça, pourvu qu'il n'ait pas découvert autre chose.*

… mais ce ne sont que de vulgaires codes ADN. Il manque toutes les clés des codes génétiques complets…

J'exulte :

— *Pas si bête, Firstub !*

— Comment voulez-vous que nous les connaissions, nous ne savions même pas que nous possédions tous les ADN humains dans nos mémoires ? remarque sincèrement Cedrych.

— Je n'en doute pas. Je vous l'ai dit, vous n'êtes que des pantins. D'ailleurs, il n'y a pas grand-chose dans vos cervelles. Je pensais qu'ils m'enverraient des clones plus sophistiqués, mais c'est beaucoup mieux ainsi. Vous serez les messagers idéaux.

— *Pas grand-chose, pas grand-chose, j'ai quand même pas que des codes ADN dans la cervelle !* s'exclame Cerdish vexé. (Puis, s'adressant à Lexhil, sans nous laisser le temps de réagir à sa remarque) C'est-à-dire ?

Lexhil éclate de son rire de plus en plus déplaisant.

— La petite scène à laquelle vous avez assisté en arrivant n'était pas une erreur de ma part.

Il a martelé cyniquement ces derniers mots. Après une pause voulue, le temps que nos mémoires s'activent, il reprend :

— Tout ce qui se passe ici a son pendant dans votre dimension. Vous avez peut-être refermé la faille que vos Tulays avaient maladroitement ouverte, mais j'ai eu le temps de placer des liens qui me permettent d'agir d'ici et c'est beaucoup plus puissant ainsi. Vous jugerez par vous-même.

— Et vous voulez que nous vous rapportions les clés d'activation sans aucune garantie que nos amies sont en bonne santé ! reprend Cedrik.

— Je m'attendais à cette remarque, c'est pour cela que vous êtes dans cette salle. Vous allez les voir vivre, je les filme en permanence.

Sans nous laisser le temps de répondre, nos fauteuils se sont inclinés et l'écran s'est élargi, occupant tout le plafond. Nous voyons, stupéfaits, les filles tranquillement installées dans… notre dortoir. Elles ont l'air de discuter comme si elles étaient à la maison à prendre le thé entre amies. Lexhil intervient :

— Comme vous le constatez, elles vont très bien et elles occupent votre chambre.

— Et… Où sont-elles quand nous y sommes ? dis-je totalement abasourdi.

— Toujours là, annonce-t-il d'une voix où pointe tout son orgueil. Elles n'ont jamais bougé de cette pièce depuis leur arrivée…

Nous sommes totalement incrédules. Il jubile :

— C'est carrément génial, Je suis un génie. Elles vivent en permanence avec vous, mais je les ai enfermées dans une bulle vibratoire que vous ne pouvez pas atteindre. N'aviez-vous donc pas remarqué que la pièce était faite pour recevoir huit personnes ? Entre chacun de vos lits, il y a un des leurs. Leur dimension n'existe pas pour vous, pas plus que la vôtre n'existe pour elles.

— Attendez, vous voulez dire qu'il y a deux dimensions dans votre dimension ? demande Cerdish.

— Bien vu. Mais c'est un peu plus complexe que cela, vous me sous-estimez ! Revenons à votre mission, je n'ai pas de temps à perdre avec des cervelles aussi immatures ! Vous allez retourner là-bas. Vous dévoilerez l'origine de tous les massacres qui ont eu lieu sur Terre ces derniers jours, vous devrez récupérer les clés dont j'ai besoin et me les rapporter. En échange, vous pourrez rentrer dans la dimension de vos Tulays.

— Mais ils vont savoir que vous nous avez demandé de les trahir ! dit Cerdish, conscient de la fouille cérébrale que nous vivrons au retour.

— Vous m'insultez encore une fois, je ne suis pas aussi minable qu'eux ! reprend-il d'un ton cinglant. Certains passages de notre discussion seront effacés de vos mémoires, mais vous saurez que vous devez le faire.

— J'admire votre stratégie, mais j'ai peur de ne pas être à la hauteur d'une mission dont je n'aurai plus de souvenirs ! dis-je d'une voix la plus admirative et soumise possible.

— N'ayez aucune crainte, votre code génétique n'a aucun secret pour moi. Quelques messages subliminaux se chargeront de vous activer correctement.

J'ai du mal à réprimer un mouvement de panique.

— *C'est un piège dément et je ne vois pas comment nous pouvons y échapper*, murmure Cedrych. (Puis, s'adressant à Lexhil) Et qu'adviendra-t-il de la Terre ?

— Quoi qu'il arrive, vous resterez mes fidèles serviteurs. Vous êtes des clones parfaits pour moi. Ne vous inquiétez pas des humains, ce sont de véritables moutons. Ils sont toujours prêts à suivre le mouvement, pourvu qu'on les abreuve de niaiseries faciles.

— *Ignoble, ce type est pire qu'Hitler !*

— *Calme-toi, Cédric, c'est pas le moment. Dans l'immédiat, il faut qu'on rentre.*

Des bonnets bleus sont arrivés dans la salle, l'écran s'est éteint. Ils nous reconduisent dans notre dortoir. Nous les suivons avec une certaine fébrilité.

— *Maintenant que nous savons où elles se trouvent, il y a sûrement un moyen de communiquer avec elles*, dis-je, très excité.

— *Je pense aussi que ça doit être possible, on réussissait bien à le faire quand elles nous rappelaient dans l'espace sécurisé*, me répond Cerdish.

— *Je n'en suis pas si sûr. Quand on les a appelées pour qu'elles nous rapatrient, elles étaient déjà ici et elles ne nous ont pas répondu*, ajoute Cedrik.

— *Nous allons pouvoir tester, on y est*, reprend Cerdish.

Nous entrons sans nous faire prier. Curieusement, je trouve les clones bleus peu prompts à nous laisser seuls. J'ai tellement hâte d'essayer de revoir Tulay.

La porte enfin close, nous restons là, n'osant bouger. Cedrik commence le premier à se diriger vers l'espace vacant entre nos deux lits en remuant ses bras dans l'espace. La voix de Lexhil emplit toute la pièce. Comme les autres, je cherche désespérément d'où elle vient.

— *Je me doutais que vous voudriez les voir d'un peu plus près avant de partir. Voilà, cela constituera une excellente motivation.*

Devant nous, elles se matérialisent, mais ne semblent pas nous voir. Elles sont occupées à discuter, bien que je n'entende pas un mot de ce qu'elles disent. La discussion a l'air sérieuse, leurs visages en disent long. Cerdish est un peu désemparé :

— *Mince alors, elles sont complètement identiques ! C'est laquelle la mienne ?*

Il avance vers la Tulay la plus proche, tend la main et… traverse l'espace et le corps qu'il perçoit. Il recommence, tente de la serrer dans ses bras. Le vide, le néant, rien, que de l'air. Il ouvre de nouveau ses bras, elle est encore là, tout près de lui. Tout doucement, il s'approche, tente de déposer délicatement un baiser sur sa joue, mais ses lèvres claquent dans le vide. Exaspéré, il explose :

— C'est une arnaque, il se moque de nous !

Le rire satisfait de Lexhil occupe tout l'espace.

— Parfaits, vous êtes absolument parfaits !

Le silence s'abat sur nous en même temps qu'elles disparaissent à nos yeux. Cerdish, anéanti, se laisse tomber sur son lit.

Assis sur nos matelas respectifs, nous avons l'air de piètres héros.

— *Nous savons au moins quelque chose d'extrêmement important...* pense Cedrik.

— *Ah ! Tu trouves ! Remarque, tu n'as pas tort, j'ai appris que j'étais capable d'être le roi du ridicule !* réplique Cerdish sans sortir sa tête de ses mains.

— *Non, non, je veux dire que l'on pensait qu'il nous surveillait de manière auditive, mais là, il est évident qu'il voit chacun de nos faits et gestes. Ça m'inquiète plus encore pour nos Tulays. Elles parlaient d'un sujet visiblement grave sans sembler se douter que Lexhil les surveille en permanence.*

— *Bon sang, tu as raison et personne ne peut les prévenir... À moins que mamie Line les ait informées... Ce serait logique, non ?* dis-je, concentré pour garder l'air abattu.

— *Whaou, si c'est le cas, elles sont vraiment remarquables et c'est nous qui risquons de les mettre en danger avec toutes nos jérémiades. J'ai hâte de partir, maintenant. Être dans cette pièce en même temps qu'elles et ne rien pouvoir faire pour les aider est encore plus cruel,* réagit Cerdish toujours sans bouger.

— *Tu as raison, mais je ne me sens pas très fier de rentrer sans elles !*

Nous sommes là tous les quatre comme de misérables bougres qui n'ont pas vraiment l'air plus malin que les clones qui travaillent aux champs.

— *En fait, sans le faire exprès, on le joue drôlement bien notre rôle. Vous ne trouvez pas ?* reprend Cedrik.

— *C'est aussi ce que je pensais. Je ne nous trouvais pas très brillants et c'est la meilleure attitude à prendre. Rappelez-vous ce qu'a dit Barzok, s'il se doute de quelque chose, ses représailles peuvent être terribles. Vu la démonstration de force qu'il nous a imposée en arrivant, c'est bien qu'il nous croit plutôt inoffensifs,* dis-je tentant de me convaincre.

— *Et la caudale ! Peut-être qu'en associant nos quatre puissances, nous pourrions passer dans leur dimension, profiter de cette forte énergie pour nous extraire de ce champ dimensionnel et les ramener avec nous,* propose Cedrych.

— *Ouah, tu as raison. Après tout, la caudale est censée nous permettre de nous dématérialiser. Ça veut dire qu'il faudrait que l'on s'allonge pour que Lexhil ne s'aperçoive pas trop vite que nous avons quitté nos corps d'emprunt...* planifie Cedrik.

— *Et que nous soyons complètement connectés pour attraper chacun une Tulay différente. Elles se ressemblent en tout point et nous devrons rester totalement invisibles, puisque nous ne savons pas générer un corps comme le font Firstub ou Tristan. En plus, nous ne pouvons pas les prévenir et elles risquent de réagir vivement, ce qui alerterait Lexhil,* ajoute Cedrych.

— *Il y a peut-être un moyen de les informer sans trop en dire, au cas où Lexhil recevrait le message,* réagit Cerdish.

— *???*

— *J'explique mon idée : si nous orientons nos quatre cerveaux vers mamie Line en envoyant la même information très concentrée, on peut espérer que même si elle est très occupée, elle nous entende.*

— *Et, alors ?* répondons-nous en chœur.

— *Bah, elle pourrait prévenir les filles de s'attendre à quelque chose.*

Reste à définir l'information la plus efficace à envoyer.

— *Excellent !* s'exclame Cedrik.

— *Je ne pense pas que Lexhil intercepte nos messages mentaux, sinon il aurait réagi depuis longtemps. Notre message doit être court, précis et explicite,* propose Cedrych.

— *OK, que pensez-vous de :* « *Mamie, urgent, préviens Tulays, utilisons caudale pour les ramener* », propose Cerdish.

— *Parfait. Un, on envoie le message trois fois. Deux, on se concentre au maximum sur l'image des quatre Tristans qui se sont réunis en un seul, mais en pensant que c'est nous. Et trois, il faut le faire tout en puisant dans la caudale. Mais avant, allongeons-nous abattus sur les lits.*

À peine allongé, je me suis concentré au maximum. Dès le deuxième message, mamie nous répond.

— *Elles sont prêtes. Bonne chance.*

Il est trop tard pour reculer. Je visualise de toutes mes forces mentales que je me fonds en un seul Cerdryshk. Une puissance fulgurante me soulève, me met debout. L'énergie se décuple. Je sens quatre colonnes puissantes qui fusionnent, développant une force que je ne pouvais même pas imaginer. Juste devant moi, Tulay apparaît. Sans réfléchir, je l'enlace et nous sommes aspirés, huit en un, avec une accélération à faire éclater leurs cellules. Après la chaleur intense qui m'a soulevé, je me sens complètement libre, avec la sensation de parcourir l'espace à une vitesse vertigineuse, hors du temps. Je ne ressens plus rien de physique, mon être tout entier sait que nous sommes tous ensemble, unis et que nous avons réussi à sortir de l'espace de Lexhil.

Toujours flottant entre deux mondes, je réalise avec effroi que nous n'avons visualisé aucune destination…

32 – *Cinq*

Sans corps, sans destination, nous ne sommes plus rien. Pourtant, je pense. Quelque chose qui raisonne est actif et vibre à l'intérieur de cet être en transit que nous avons généré. Je sens même que son activité est incroyablement puissante. Une énorme quantité d'énergie se rassemble autour d'une idée-image commune à nos quatre entités : la salle du grand Conseil.

À nouveau, le tourbillon nous emporte dans une puissante accélération dont la durée est indéfinissable. Toute notion de temps et d'espace semble avoir complètement disparu. Il n'y a qu'accélérations et ralentissements, avec la sensation d'être parfaitement guidé sur des chemins virtuels précis dans un espace infini. Je n'éprouve plus aucune angoisse, flottant dans un bien-être serein, j'ai la certitude d'atteindre notre destination.

Une forte décélération me ramène sans ménagement à la réalité contraignante de mon enveloppe corporelle. Le malaise est de courte durée, tant je suis soulagé de voir à nouveau la blancheur lumineuse de la salle du grand Conseil.

Doucement, nos corps se densifient et je découvre avec horreur que nous ne sommes que cinq.

D'une même voix, comme si nous n'étions encore qu'un, nous exprimons notre détresse.

— Où sont-elles ?

Firstub réagit immédiatement :

— Elles sont toutes là, annonce-t-il tranquillement. Dans notre dimension, Tulay ne peut être qu'une seule personne physique. Elles se sont réunifiées de la même manière que votre ami Tristan l'a fait sous vos yeux l'autre jour.

Je tente de comprendre :

— Vous voulez dire que, euh…, ma Tulay et leurs Tulays sont toutes les quatre dans le même corps ?

— Non, elles sont le même corps.

— Le même corps ! C'est pas pratique, ça. Comment on va faire, nous, maintenant ?

Tulay éclate de rire. Aucun de nous quatre ne partage son hilarité. Les autres ont l'air aussi embarrassé et perplexe que moi.

Cerdish réagit à son tour :

— Alors en fait, tu es vraiment comme eux ! Nous, on reste complètement dissociés ici. Être un nous a demandé un effort intense et dès l'arrivée nous avons repris notre état… normal. Enfin, si on considère qu'être séparés en quatre est normal !

Devant nos airs désemparés, Barzok prend la parole :

— En fait, nous suivons tous la règle générale. Nous pouvons être incarnés dans différents corps identiques tant que nous sommes dans des lieux distincts, mais dès lors que deux de nos formes physiques identiques se trouvent dans le même lieu, elles se réunifient.

— C'est bien ce que disait Cerdish, déclare Cedrik. Tulay est comme vous, mais pas nous, puisque nous sommes toujours quatre corps bien séparés même si ce qui vient de nous arriver nous a fait ressentir que nous sommes un seul être.

— Vous avez été modifiés pour cela, car ce sera un élément essentiel lors de votre confrontation avec Lexhil dans cette dimension, ajoute Barzok.

— Parce que vous savez déjà que Lexhil va venir ici ! dis-je complètement abasourdi.

— Oui, c'est certain. Il est furieux et, bien qu'il ait déjà commis quelques représailles particulièrement violentes, son désir de vengeance atteint son paroxysme. Je pense que maintenant nous devrions écouter ce que Tulay a découvert là-bas, car le temps presse.

Bien que je sois très intéressé par les propos de Tulay, je ne peux m'empêcher de me sentir particulièrement troublé. Que Tristan soit quatre puis un m'avait surpris, mais pas gêné. Je sens bien que quelque chose qui s'apparente à de la jalousie me chatouille quelque part au fond de moi. Je n'ai pas le temps de réfléchir à ce problème, ce que rapporte Tulay capte mon attention.

— Lexhil dispose maintenant de tous les codes ADN humains, mais il ne parvient pas à les utiliser de façon satisfaisante. Tous les clones qu'il tente de générer meurent après trois à cinq semaines de vie dans sa dimension, soit l'équivalent de trois à cinq années, ici. Les seuls clones viables qu'il parvient à produire et à modifier selon ses critères sont ceux qu'il a générés à partir de votre ADN, conclut-elle en se tournant vers nous.

— ????

Sans tenir compte de notre étonnement, elle continue :

— Je n'ai ressenti aucune vibration d'origine féminine. Bien que mamie Line m'ait prêté main-forte, je n'ai pas non plus décelé la moindre vibration autre que celles des clones que vous connaissez.

— Le reste de l'équipage de la tubulaire 3 ne serait donc plus avec lui, conclut Tristan.

— En tout cas, pas dans la dimension qu'il occupe actuellement, reprend Tulay. Il a aussi fait de nombreux prélèvements sur nous quatre. Il cherchait visiblement à savoir si nous étions des clones réussis ou des êtres multiples aboutis.

— Des quoi ! s'exclame Cedrych.

— Des êtres multiples aboutis, ce sont les termes qu'il a utilisés. Finalement, il a conclu que nous étions le résultat d'expériences médiocres et il a ajouté : « à peine mieux que ce que j'ai découvert quand j'ai été banni sur Terre. »

— Je ne comprends rien, l'interrompt Cedrik. Il n'a jamais vécu sur Terre !

— J'ai eu la même réaction et il a confirmé. Il a dit très exactement ceci : « Oh, oui, j'ai vécu sur Terre. J'étais un humain Aimé, Adulé et Connu du monde entier. J'étais un visionnaire. Les chercheurs les plus éminents travaillaient pour Moi. Nous avons découvert l'ADN et nous avons fait les premières expériences de clonage. » Ensuite, il est devenu violacé. Il s'est mis en colère. Je n'osais plus rien dire, tellement ses traits étaient effrayants. Il a continué d'une voix puissante : « Mais ces imbéciles ont détruit toute Ma gloire. J'aurais conquis le monde terrestre. J'aurais créé un humain parfait, un être supérieur... » J'étais tellement terrorisée que je n'osais plus rien dire. Il s'est aperçu que nous avions peur. Il est devenu dédaigneux et nous a renvoyées dans la pièce où nous sommes restées jusqu'à votre arrivée.

Se tournant vers Barzok, elle conclut :

— Voilà, c'est en gros le plus important, je suppose que vous pourrez visiter ma mémoire et en découvrir beaucoup plus.

Barzok réfléchit un instant puis explique :

— En effet, Lexhil est déjà venu sur Terre en tant qu'être humain incarné. C'était pour lui un exil, car il était dépossédé de tous ses pouvoirs. S'il avait suivi le programme prévu, il aurait eu la possibilité de s'amender et de reprendre sa place parmi nous. Mais, comme tous les êtres humains, il disposait du libre arbitre c'est-à-dire qu'il avait la possibilité de modifier sa destinée. C'est ce qu'il a fait. Son inconscient profond était rongé par la haine et il a tout mis en œuvre pour concrétiser ses rêves de domination. Quand il a compris qu'il était perdu, il avait retrouvé suffisamment de pouvoir pour rejoindre la tubulaire 3 et disparaître dans l'espace.

— Il y a quelque chose que je n'arrive pas à comprendre, dis-je. Pourquoi prend-il notre apparence alors que vous semblez pouvoir changer de forme, puisque lorsque nous sommes ici, l'un d'entre vous nous remplace à La Séclya ?

— En effet, c'est le cas, nous pouvons prendre toutes les formes humaines, animales ou végétales. En ce qui concerne l'apparence actuelle de Lexhil, nous ne savons pas si cela est une stratégie pour vous intimider ou bien si cela signifie qu'il est en état de faiblesse ou d'économie avant une attaque très ciblée. Choisir des formes variées demande la mobilisation d'une quantité d'énergie importante. C'est un peu comme l'énergie que vous avez mobilisée pour ne faire qu'un et revenir ici. Nous réalisons ces transferts sans difficulté quand nous sommes en possession de tous nos moyens, mais cela devient très difficile, voire impossible, si nous sommes affaiblis. Ce que nous savons, c'est qu'il nous est impossible de l'anéantir.

— Mais alors, on ne s'en sortira jamais ! dis-je. Nous avons vu sa force de frappe et je suis certain que cela ne représentait qu'une infime partie de sa puissance…

— J'ai dit que nous ne pouvions pas l'anéantir, parce que nous ne le voudrions sous aucun prétexte. Il nous est impossible de nuire à qui que ce soit sans devenir semblable à Lexhil. Seuls vous quatre pouvez intervenir et c'est ce que vous avez accepté de faire.

Je n'en crois pas mes oreilles. Je n'ai même plus besoin de formaliser mes pensées pour ressentir que Cerdish, Cedrik et Cedrych sont aussi stupéfaits que moi par cette information. Même si, depuis le début, je pressentais que je devrais participer à quelques confrontations importantes, plus difficiles que l'incendie de forêt, à aucun moment je n'avais compris qu'au moment ultime, il nous faudrait agir totalement seuls. Je me sens si désemparé que j'ai le sentiment que la splendeur de la salle s'est couverte d'un voile terne. La voix de Barzok continue de résonner à mes oreilles, comme amplifiée par la stupeur qui m'envahit peu à peu.

— Votre absence a été beaucoup plus longue que prévu. À présent, l'attaque est imminente. J'espère que nous aurons suffisamment de temps pour vous apprendre à développer votre arme ultime, sans laquelle vous n'avez aucune chance.

Je n'entends plus rien. Atterré, je réalise à peine que nous quittons la salle pour rejoindre notre zone d'apprentissage. Nous sommes tous les quatre seuls avec Firstub sur sa plage. Le cadre n'est pas à la détente et l'absence de Tulay indique clairement que notre vie vient de basculer. À quoi allons-nous être confrontés ? Comment pourrions-nous combattre seuls un ennemi qui possède une telle force de frappe ?

À SUIVRE...

À propos de l'auteur

Née au milieu d'une fratrie de cinq enfants, Ariane s'est très tôt créé un univers intérieur riche où elle s'inventait mille vies qu'elle mettait en scène dans ses jeux souvent solitaires.

Plus tard, infirmière, enseignante dans des milieux variés puis directrice, elle découvre la richesse de la diversité humaine. Pour elle, chaque être humain possède plusieurs personnalités qu'il exprime en fonction du contexte dans lequel il évolue. Dès lors, elle comprend que rien n'est figé, que tout n'est que points de vue et apparences. Observer l'autre devient une passion puisqu'il ne peut y avoir d'individu sans importance, chaque vie étant en soi un incroyable kaléidoscope dont elle se plaît à deviner les différentes facettes.

Elle prend autant de plaisir à évoluer dans différents lieux et milieux où les rencontres sont riches et variées qu'à rester des heures à apprécier la nature.

Son imaginaire est stimulé par les créations de son mari artiste peintre-sculpteur. C'est en observant une de ses sculptures qu'a germé l'idée de ses trois derniers romans.

Si vous voulez connaître en avant-première la date de parution du tome 3, vous pouvez vous inscrire sur son site Internet : http://arianefusain.fr/.

Vous y trouverez également des images concernant les tomes 1 et 2.

À paraître

Série « Plus rien ne sera comme avant » :
    Tome 3 : Fusion

Si vous avez aimé *Human Genetic Code*, si vous avez envie de partager votre opinion avec d'autres lecteurs ou simplement de me donner votre avis, alors rendez-vous sur la page de commentaires de la boutique où vous avez acheté ce livre, ou sur http://www.editionshelenejacob.com.

Merci à vous !

Retrouvez tous les titres et l'actualité des Éditions HJ :

Sur notre site Internet :

http://www.editionshelenejacob.com

Sur Facebook :

https://www.facebook.com/EditionsHJ

Sur Twitter :

https://twitter.com/EditionsHJ

Table des matières

www.ingramcontent.com/pod-product-compliance
Lightning Source LLC
Chambersburg PA
CBHW071313200626
46813CB00015B/1851